AUTOBAHN LEBEN

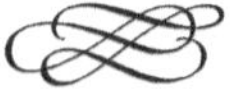

SIMONE BEAUDELAIRE

Übersetzt von
JOHANNES SCHMID

Für A und M. So hätte es nicht laufen müssen. Respekt ist etwas, das man verlangen kann …, wenn wir auch manche Dinge anders sehen.

DANKSAGUNG

Ich möchte den Menschen im Hintergrund, Sandra Martinez, Karina Giortz, Nancy Tulloch und Kathleen Soto danken. Danke für eure Rückmeldungen. Ihr habt die Situation gerettet. Dank auch an das Team von Next Chapter für die harte Arbeit und Anerkennung.

KAPITEL 1

Der Westen von Illinois, 1975

„HALLO, Janet. Für mich ein Schlitz, bitte", meinte Buck, während er durch die Tür schlenderte und sich auf einen Stuhl an seinem Lieblingstisch in der Ecke setzte.

„Kommt sofort", antwortete ich. „Dazu noch einen Kurzen?"

„Nein", antwortete er und winkte ab, wobei er einen angeekelten Ausdruck auf seinem aufgedunsenen Gesicht hatte. „Meine Frau sagt, ich müsse kürzer treten. Nur ein Bier und kein Schnaps", fuhr er fort und klopfte sich auf seinen dicken Bauch unter seinem zerlumpten Overall.

In der Bar brach Gelächter aus, als Rocker, Fernfahrer und Hinterwäldler ihm auf die Schultern klopften. Gegen Ende der Nacht waren aus einem Bier drei geworden, was seine Frau sicher nicht sehr erfreute.

Ich fasste in den Kühlschrank hinter dem verschrammten Tresen und holte eine braune Flasche hervor. Mit dem Flaschenöffner zog ich gekonnt den Kronkorken ab, ging die 15 Schritte durch den Raum, drängte mich zwischen den Gästen durch und stellte Bucks Getränk vor ihn hin.

Er nahm einen Schluck. „Danke, Schatz. Etwas vom Prozess gehört?"

Ich schüttelte den Kopf. „Seit heute Morgen hatte ich keine Gelegenheit mit Thea zu sprechen. Sie kam so spät nach Hause, so dass ich sie nur kurz gesehen habe. Da blieb keine Zeit zum Reden. Ich hoffe, sie bekommt gute Nachrichten… und zwar bald. Es geht ihr nicht gut."

„Was du nicht sagst", erwiderte Buck nach einem weiteren großen Schluck Bier. „Es ist kein Geheimnis, dass Ruxton Dünger beschissene Sicherheitsmaßnahmen hat. Und all die zuverlässigen Firmenangestellten haben mit Leib und Seele ihre Arbeit gemacht."

„Und mit dem Leben bezahlt", ergänzte ich verdrießlich. „Mist, dass ihre Frauen vor Gericht ziehen müssen, um eine Entschädigung zu erwirken."

„Da hast du recht, Schatz", sagte Buck und leerte sein Bier.

Normalerweise würde ich keinem Gast gestatten, dass er mich Schatz nennt. Buck ist aber schon über 60, wiegt fast drei Zentner und macht sich keine Illusionen.

Wieder ging die Tür auf. Ich verdrehte die Augen und bewegte mich schnell hinter die Bar, wo ich Schutz vor dem Gast suchte, den ich am wenigsten mochte.

„Janet! Wie geht es dir zum Teufel? Hast du noch immer etwas mit diesem schmierigen Affen?"

Ich spitzte die Lippen. „Nicht dass es dich etwas angeht, Bill. Aber ja. Rick und ich gehen noch miteinander."

„Du solltest ihn abschießen. Mit mir gehen."

Ich hob eine Augenbraue. Sicher, ich würde meinen Mann in den Wind schießen und mit einem Milchgesicht durchbrennen, das so jung war, dass es noch nicht einmal Schnaps kaufen konnte. Das so grün hinter den Ohren war, dass es noch immer ein Lehrling des Mechanikers war, der die Lastwagen der Düngemittelfabrik reparierte. „Wenn Rick hört, dass du mich genervt hast, tritt er vielleicht *dir* in den Hintern …, dass du zur

Stadt raus fliegst. Nun, stehst du hier nur rum und schaust Löcher in die Luft, oder willst du was trinken?"

Bill wurde rot im Gesicht. „Michelob", stotterte er und schlich sich zum Tisch, meine anderen Gäste lachten und johlten.

Buck legte eine fleischige Hand auf Bills Schulter. „Verstanden, Mann. Wäre ich 20 Jahre jünger, würde ich für sie auch ein Theater veranstalten, aber damit kommst du nicht weit."

Ich schaute mich in meinem Arbeitsbereich um: Eine beschissene Spelunke in einer verfallenen Hütte am Stadtrand. Es war nichts Schickes, aber sie hielt meinen Körper und Geist für mich und meine Tochter zusammen, seit ich vor neun Jahren in diese Stadt taumelte, schwanger und allein. Meine letzten 100 Kröten hatte ich in diese verfallene Garage gesteckt und daraus einen beliebten, wenn auch wenig respektablen Geschäftssitz gemacht. Meine Gäste sagten, sie kämen hierher, weil Red's Innenstadt etwas zu pingelig für Leute mit dreckigen Fingernägeln sei. Ehrlich gesagt waren sie etwas zerlumpt, was mich aber nicht störte. Sie hatten einer Fremden in Not geholfen. Nun waren sie meine Familie.

Die beste Familie, die ich je hatte. Und um die Melancholie zu verdrängen, scherzte ich mit Buck, während ich Bill sein Bier brachte: „Zwanzig? Mann, du bräuchtest mindestens 30 Jahre Abschlag."

Er schnaubte und blinzelte mir zu.

„Was ist mit deinem Auge, Buck? Deine Frau sollte dich wohl besser zum Augenarzt bringen."

Buck musste laut lachen. „Erwischt, Schatz."

Aus dem Augenwinkel vernahm ich eine Bewegung und wich zur Seite, ehe Bill mir an den Po fassen konnte. „Hände weg, Pferdeschwanz", sagte ich, schlug seine Fettgriffel weg und verschanzte mich hinter der Bar.

Bill schmollte. „Unfair" stotterte er.

„Was meinst du mit unfair?", fragte Buck.

„Sie flirtet mit dir und tut mir weh."

Mit einem Lappen wischte ich den Tresen ab und tat so, als hörte ich nichts.

Bucks heitere Stimme wurde nun ernst. „Junge, jetzt hör gut zu. Janet hat dir nicht weh getan. Das hast du selbst getan. Weißt du, wieso sie mit mir herumalbert? Weil sie weiß, ich mache nur Spaß. Sie glaubt mir, dass ich sie nicht dränge. Würde sie dir glauben, dass du deine Finger bei dir behältst, könntest du vielleicht auch mit ihr befreundet sein. Aber du weißt, ich weiß und *sie* weiß auch, dass du es *doch* ernst meinst, also muss sie streng sein, um dich auf Distanz zu halten. Stottere nichts von fair. Aus jedem Blickwinkel ist es fair, außer aus deinem."

Bill schmollte noch mehr. Er schnappte sich seine Flasche und ging zur Tür hinaus.

„Fräulein Miller?"

Ich schaute hoch und sah Walter Gustavson, der mich aus dem Winkel ganz in der Nähe der Bar anschaute.

„Noch etwas Walt, wie immer?"

Er nickte und hob sein Glas. Ich konnte sehen, dass seine Eiswürfel noch relativ ganz waren, also griff ich zur Flasche Jack Daniel's und eilte zu dem etwa 30-jährigen Mann. Er schaute mich mit seinen ernsten, blutunterlaufenen Augen hinter seiner großen Pilotenbrille an. Sein dünnes, zerzaustes Haar stand in alle Richtungen. Seine Haut sah blass und gelblich aus. Ein Schwall Körpergeruch und Chemie, vermischt mit einem kränklich süßen Geruch, den er seit den letzten paar Wochen hatte, kam mir entgegen. *Armer Walter.*

Vorsichtig goss ich zwei Fingerbreit und keinen Tropfen mehr in sein Glas.

„Pass mit Bill auf", sagte er ernst. „Ich glaube nicht, dass er allzu ethisch ist, wenn er seinen Willen durchsetzen will."

Seine Augen fielen einen Moment auf mein Dekolleté, das unter meiner Weste frei lag, ehe sie wieder zu meinem Gesicht wanderten. Das machte er oft. Wie erwartet liefen seine Wangen rot an.

„Danke für die Warnung", sagte ich zu ihm.

Für heute Nacht hatte ich genug. Mir ging zu viel im Kopf herum für den üblichen Blödsinn. Ich schaute auf die Uhr. „Na gut, Jungs. Letzte Bestellung. Soll ich noch jemandem nachschenken?"

„Es ist noch früh, Janet", protestierte Buck. „Ich habe noch nicht einmal das *eine* Bier ausgetrunken."

„Dann trinke es aus", scherzte ich. „Hört mal, ich weiß, es ist etwas früh, Jungs, aber... die Woche war anstrengend."

„Eher das Jahr", erwiderte Walter höflich. „Hast du nicht tagsüber auf die Kinder deiner Schwester aufgepasst und dann die halbe Nacht gearbeitet?"

Als er das sagte, hätte ich schwören können, dass mich jeder Tag, seit das Düngerlager mit meinem Schwager darin in die Luft geflogen war, wie ein einziger Schlag traf. Jeden Morgen früh auf den Beinen, damit Thea auf das Schulbezirksamt gehen konnte. In die Buchhaltung. Etwas Geld verdienen. Jeden Nachmittag, während sie im Gerichtssaal saß und darauf achtete, ob der Richter das Richtige tat. Jeden Abend, wenn ich meinen müden Hintern zur Bar schleppte, um *meine* Arbeit zu tun, so dass ich die Miete für den Wohnwagen, der auf ihrem Grundstück stand, aufbringen konnte.

Ich unterstützte meine dreiköpfige Familie und meine Tochter und war ausgelaugt.

„Ich schätze, ich gebe ein lausiges Familienoberhaupt ab", scherzte ich.

Niemand sagte etwas...so weichlich sind sie nicht...aber sie alle leerten ihre Gläser und eilten zur Tür hinaus.

Zehn Minuten später verschloss ich das Vorhängeschloss und eilte zum Hinterausgang der Bar hinaus, zu meinem metallic-blau-weißen Chevrolet Silverado, Baujahr 1971.

„Janet?"

„Nicht heute, Bill", rief ich über die Schulter und stieg ein.

„Aber..."

Ich schlug die Tür zu, ließ den Motor an und fuhr los, wobei ich die Augen verdrehte. „Ja, sicher, Kleiner. 19 Jahre alt und zweifellos noch Jungfrau. Ich bin sicher, du hast haufenweise zu bieten. Alberner Billy." Natürlich würde ich ihm das nie ins Gesicht sagen. Die drei Biere wöchentlich, die er bezahlte, waren ebenso einträglich, wie die der anderen. Ich wünschte mir nur, er würde es beim Flirten langsamer angehen… ehe Rick ihm in den Hintern trat.

In einer Stadt, die so klein war wie Beulah, Illinois, eine Stunde östlich von St. Louis, im Nirgendwo, brauchte ich nur ein paar Minuten nach Hause. Ein kleiner Bungalow auf einem großen Grundstück mit einem hohen Baum, der das Haus und einen silberweißen 1969er Avion Wohnwagen überragte, in dem das Mondlicht schimmerte.

Ich war zwar erschöpft, der Anblick meines ordentlichen Wohnwagens zauberte mir aber ein Lächeln auf mein Gesicht. Ich parkte meinen Truck im großen Kieskreis, näherte mich dem Haupthaus und schaute zum Seitenfenster hinein, auf ein kleines Gästezimmer.

Wie ich erwartet hatte, lag meine Tochter, Brandy unter einer schlichten weißen Decke. Und dem blonden Haarschopf nach zu urteilen, war mein Neffe Mikey wieder zu ihr ins Bett gekrochen.

Die Regelung nach Mike Seniors Tod, nämlich den Wohnwagenpark, wo Brandy und ich jahrelang gelebt hatten, zu verlassen und hierher zu ziehen, war sinnvoll. So konnten meine Schwester und ich uns gegenseitig leichter helfen. Es hatte jedoch auch unerwartete Nachteile. Unter anderem der Mangel an Privatsphäre und das sichere Gefühl, dass Thea sich wohl dabei fühlte, *mich* zu bemuttern, ihre ältere Schwester. Ganz zu schweigen von Konflikten darüber, wer für welche Kinder verantwortlich war, wenn es eine Meinungsverschiedenheit gab.

Ich war bereit, dass diese Regelung endete und ich wieder eine unabhängige, allein erziehende Mutter und Geschäftsfrau sein konnte. Es sah aber nicht besonders vielversprechend aus. Nicht solange sich das ungerechte Tötungs-Gerichtsverfahren hinzog. Danach… könnte ich noch immer nicht ganz vom Haken sein. Für eine herrische Frau konnte meine Schwester echt bedürftig sein.

Ich schüttelte den Kopf und ging wieder zum Wohnwagen, wo ich nur noch unter die Decke wollte. Ich stieg vorsichtig auf die Stufe und versuchte, nicht auf dem Metall zu klappern, falls Rick sich entschlossen hatte, zu übernachten. Dann schleppte ich mich über das weiche Linoleum, das wie Fliesen aussehen sollte. Da das Licht aus war, wirkte das grün bezogene Schlafsofa schwarz. Der Heizofen schimmerte leicht im Mondlicht, das durch das Fenster schien.

Plötzlich fühlte ich mich überdreht. Nervosität stieg in mir auf. Leise bewegte ich mich durch den engen Raum, nahm eine Flasche aus dem Küchenschrank und zog den Korken heraus. Dann griff nach oben nach einem Glas aus dem Schrank über der Spüle.

Als ich das dicke, blutrote Nass in mein Glas goss, legte sich mir eine Hand auf den Po und drückte sanft zu.

Ich erstarrte. *Oh, Gott. War mir Bill wieder gefolgt? Hatte er sich diesmal einfach selbst Zutritt verschafft?* Mein Herz klopfte heftig.

Ein Arm legte sich um mich und eine stoppelige Wange fuhr über meinen Hals. Der vertraute Geruch von Motorenöl und Rasierwasser stieg mir in die Nase und ich entspannte mich.

„Hey, sexy Mama."

„Rick! Du hast mich zu Tode erschreckt. Solltest du nicht schlafen? Morgen musst du arbeiten, nicht?"

Er antwortete: „Ja, du bist aber hier, siehst gestresst und nervös aus, und ich dachte, du könntest eine Umarmung gebrauchen. Halt, was sehe ich da? Rotwein? Ich meine, mich zu erinnern, jemand hätte mir versichert, sie sei eine Biertrinkerin. Könnte ich auf dich abgefärbt haben?"

Ich wand mich in seinen Armen. „Sieh dich einfach als den schlechten Einfluss der du bist."

Seine Zähne blitzten im Mondlicht. „Glaub es besser. Wie war das, schöne Frau? Willst du wieder beeinflusst werden?"

Als ob ich jemals nein zu diesem sexy italienischen Mechaniker hätte sagen können. Seit unserem ersten Treffen bis heute brauchte er nur zu lächeln, und ich war bereit, mein Höschen auszuziehen. Und seine Versprechen hat er schon immer gehalten. Ich spürte, wie ich innerlich zerfloss, wenn ich nur daran dachte. Vier Jahre lockere, wenn auch intime, Treffen und er machte mich noch immer so an wie immer. Plötzlich schien der Wein unwichtig zu sein. Ich zog ihn zu mir, um ihn zu küssen, und wie seine Barthaare auf meiner Haut kitzelten, gefiel mir. Ich hätte von roten Striemen übersät sein können und es hätte mich nicht mal gestört.

Er legte mir die Hände auf die Haare und hielt mich fest, dann übernahm er die Führung, öffnete die Lippen und stieß mir die Zunge in den Mund. Er küsste mich, als würde er verhungern, und ich war sein Mahl. Kein Wunder, dass ich süchtig nach Ricardo Marino geworden war.

Ich stützte ein Bein an seiner Hüfte ab. Wieder griff er mir an den Hintern und ich spürte seine Erregung.

Ich krümmte meine Hüften und machte leise Geräusche.

„Schon am Stöhnen?", fragte er und wackelte mit seinen dicken, dunklen, gelockten Augenbrauen. „Du wirst laut, nicht wahr?"

Ich schluckte und sagte, jetzt schon mit etwas kratziger Stimme: „Gut… Ähm… Gut, dass Brandy sich entschlossen hat, heute Nacht im Haus zu schlafen."

Er lachte und schloss mich in seine Arme, dann trug er mich durch den ganzen Wohnwagen zum hinteren Bett, wo er mich auf die Matratze legte.

Er küsste mich wieder und öffnete die Knöpfe meiner Lederjacke. Sie fiel zu Boden und darunter war ich nackt.

„Du ziehst dich bei der Arbeit so sexy an, Mama", murmelte er. „Diese schmuddeligen, alten Männer sollten den Anblick besser genießen."

„Und du?", scherzte ich, obwohl es mir noch schwerer fiel, etwas zu sagen, als seine Hand meine Brust umschlang.

„Ich bin vielleicht schmuddelig, aber noch nicht alt.

Außerdem muss ich nicht nur hinsehen." Spielerisch knetete er meinen Nippel.

Ich wimmerte.

Wie immer machte ihn jeder sexy Ton, den ich ausstieß, wild. Wieder verschlang er meinen Mund, kletterte auf meinen Körper und stieß unfreiwillig in meinen Schritt.

„Ich will dich so sehr, Janet", brummte er.

Statt zu antworten, zog ich sein T-Shirt aus seiner Jeans und fuhr mit den Händen seinen Rücken hinauf.

Er setzte sich auf und zog sich das T-Shirt über den Kopf.

Mit den Fingerspitzen fuhr ich über seine Brust und spürte das dichte, raue Haar. Die lockeren, zerzausten Locken auf seinem Kopf waren weich wie Federn, seine Brusthaare waren aber rau und männlich. Er war ein solch widersprüchlicher Mann. Romantisch und doch pragmatisch. Sexy aber kein Playboy. Sanft und engelhaft und schön und männlich und hart, alles nicht im Gegensatz zueinander.

Er stand auf und sein herrliches Gewicht nicht mehr zu spüren, ließ mich aus Protest wimmern.

„Zieh dich aus", drängte er.

Oh, ja. Ich riss den Knopf meiner Jeans auf und trat sie weg, dankbar für die entblößten Beine, die schon ganz heiß waren. Enge, knöchellange Hosen hätte er schwerer abbekommen.

Kaum flogen unsere Klamotten durch die Luft, nahm ich Ricks Hand und zog ihn zu mir runter.

Sein Schwanz war hart und pochte und als er mich wieder bestieg, tropfte etwas Nasses auf meinen Bauch und die Schenkel.

Mein Mund war ganz trocken vor Vorfreude, er aber ließ mich nicht warten. Er fand meine Öffnung und stieß tief hinein. Ich schloss die Augen, er stieß, zog ihn raus und trieb ihn wieder hinein.

Ich grub meine Zehen in seine Schenkel.

Wenn Rick seine romantische Phase hatte, konnte er mit mir spielen, wie mit einer Gitarre, wenn wir es aber beide eilig hatten, wie jetzt, brauchte nur sein Schwanz in mir zu stecken und ich kam in Windeseile. Ich kam langsam. Schneller. „Oh, Gott", stöhnte ich, krümmte mich wieder und spannte die Schenkel.

„Ja, Mama", stöhnte er. „Es fühlt sich so gut an, wenn du kommst. Drück mich."

„Nicht aufhören", flehte ich. „Fick mich, Rick. Hart."

„Euer Wunsch ist mir Befehl, Milady." Seine Hände legten sich auf meine Hüften und er nahm mich härter, stieß in mich und der Orgasmus schloss mich voll ein.

„Gott, ich liebe dich." Ich hasste es, wenn mir diese Worte raus rutschten. Es passierte immer beim Sex, er ließ es aber nie an sich ran, Gott sei Dank. Ich wusste, wir hatten vermutlich keine große Zukunft. Wir waren nur ein Paar von Herumtreibern, weit weg von dem Ort, den wir vielleicht Heimat nennen konnten. Aber ich hätte es gehasst, ihn zu früh zu verjagen.

Er gab mir einen seiner gierigen Küsse und bewegte sich jetzt noch schneller. Ich schlang meine Beine um seine Hüfte und hielt mich an seinen Schultern, genoss den Ritt, als er sich anspannte, mich umschlang und stöhnte. Die Muskeln angespannt.

„Ja", stöhnte er auf, als sein Orgasmus abflaute. Einen Moment lag er mit seinem ganzen Gewicht auf mir und ich tätschelte seinen Rücken.

Der Sex schaffte, was der Wein hätte schaffen sollen. Mein Körper wurde schlaff, als Rick nachließ und sich neben mich legte.

Ich frage mich, was die Hölle morgen Neues auf Lager hat, dachte ich, als mich der Schlaf übermannte.

KAPITEL 2

Ich wachte spät und einsam auf, als Fäuste gegen das Aluminiumgehäuse meines Wohnwagens schlugen.

„Moment!", schrie ich und stieg aus dem Bett. In der Nacht hatte sich mein Haar von einem modischen Shag, der mir über die Schultern fiel, in ein Vogelnest verwandelt und… ich war nackt. Huch.

Ich nahm meinen Bademantel und schlang ihn um mich, verknotete den Gürtel und ging schließlich durch den kleinen Raum, dann öffnete ich die Tür.

Wie erwartet stand Thea draußen. Ihr weiches, blondes Haar hing dünn und strähnig in der Sommerhitze. Ihre Augen sahen rot und aufgedunsen aus, wie in letzter Zeit immer, und ihre Schultern trugen die Last von Leid und Stress. „Du siehst echt schrecklich aus", sagte ich unverblümt zu ihr.

„So wie du." Ihr wütender Blick fiel von meinen zerzausten Haaren auf meine nackten Füße. „Er hat wieder übernachtet."

Das war keine Frage.

„Ich möchte nicht darüber reden", sagte ich zu ihr. „Jetzt entschuldige mich kurz. Ich muss mir die Zähne putzen, bevor ich rüber komme."

„Du solltest dir auch die Haare kämmen und dich anziehen.

Du selbst magst dich vielleicht wie eine Landstreicherin verhalten wollen, aber die Kinder müssen das Offensichtliche nicht sehen."

Ich schaute sie finster an, sie aber hatte sich schon abgewandt.

Familie. Man muss sie einfach lieb haben. Aber Thea musste echt zur Arbeit und auf die Kinder musste jemand aufpassen, also ging ich ins Bad und machte mich so schnell fertig, wie noch nie. Haare. Gesicht. Zähne. Kurz mit dem Schwamm abgewaschen. Deodorant und dann, weil ich den Tag mit den Kindern verbrachte, nur Jeans und ein T-Shirt.

Mit knurrendem Magen und heiß auf Kaffee, ging ich barfuß über den Hof zu meiner Schwester und betrat durch die Seitentür das Haus.

Drinnen saßen Brandy und Mikey am Küchentisch und stopften sich mit großen Esslöffeln Müsli in den Mund.

„Morgen, Mama", sagte Brandy und nahm einen Schluck Milch.

„Morgen, Biene." Ich legte meinen Arm um sie und küsste sie auf die Stirn. „Hi, Mikey."

„Tantchen", grunzte er und ich grinste. Das Kind war wie ich. Ein Morgenmuffel. Ich ließ Brandys Schultern los, fuhr mit der Hand durch Mikeys zerzaustes, blondes Haar und ging zur Kaffeekanne, aus der ich mir eine Tasse Kaffee einschenkte. Dann ging ich durch den Gang ins Wohnzimmer.

Tatsächlich saß Thea in ihrer Arbeitshose auf ihrem braunen Flickensofa. Sie hatte die Bluse aufgeknöpft und ihre kleine Tochter an der Brust. Sie hatte das Baby allein ein paar Monate nach dem Tod ihres Mannes entbunden. Ich konnte ihr wirklich nicht vorwerfen, dass sie bedürftig war. Ihre herrische Art war aber etwas Anderes. Aber ich wusste, wie sehr sie auf ihren Ruf in dieser Provinzstadt Wert legte. Die Schwester der stadtbekannten Landstreicherin zu sein, war für ihren Ruf nicht gut, also versuchte ich mich zu benehmen, ihretwillen. Manchmal.

Außerdem, einen Liebhaber zu haben, macht mich meiner

Meinung nach noch nicht zu einer Landstreicherin, obwohl Rick und ich etwas weniger als verlobt oder offiziell zusammen waren.

Ich ließ mich in den Sessel fallen und nahm einen großen Schluck Kaffee. „Hat sich was Neues im Prozess getan?"

Thea seufzte: „Die Beweisaufnahme ist abgeschlossen. Ich denke, wir bekommen heute die Antwort."

„Vielleicht wäre das gut", meinte ich. „Ich meine, seien wir ehrlich. Sie schulden euch Frauen etwas. Wie sollt ihr nur ohne eure Ehemänner zurechtkommen?"

Sie schüttelte den Kopf. „Ich glaube nicht, dass es gut geht. Der Richter steht dem Eigentümer so nahe."

„Wie dem auch sei, kommen Menschen bei der Arbeit zu Tode…"

Sie senkte den Kopf. „Ruxtons Anwalt argumentiert, dass es die Schuld der Männer ist. Mikes Schuld. Er behauptet, Mike hätte vor der Explosion die Sicherheitsvorschriften missachtet. Er argumentiert, dass man mich verurteilen sollte, den Schaden am Lagerhaus aus Mikes Lebensversicherung zu bezahlen."

Ich verteilte den Kaffee fast im Raum als ich schnaubte: „Was zum Teufel? Das wäre die ganze verdammte Entschädigung und noch mehr! Was stellen sie sich vor, wovon du und die Kinder dann leben sollen?"

Sie schaute mir in die Augen. „Bitte, fluche nicht, Janet. Das hören die Kinder und wenn du denkst, diese Firma schert sich um die Kinder und mich… ob wir leben können… hast du nicht aufgepasst. Sie hat es nicht einmal interessiert, ob ihre eigenen Angestellten leben. Ich denke, sie würden uns alle mit Freuden entsorgen, wenn sie denken, dass sie damit durchkommen."

Ich runzelte die Stirn, hatte allerdings keine Zweifel, dass sie recht hatte. „Ich schätze, die Tatsache, dass Mike die Anweisung erhalten hat, die Sicherheitsvorschriften zu ignorieren, wird nicht berücksichtigt?"

Die kleine Emily ließ los und schrie, eine Faust in der Luft. Thea nahm sie an die andere Brust. „Dafür gibt es keinen

Beweis. Tatsächlich wird niemand sagen, er habe gehört, wie Jackson es Mike oder jemandem sonst ins Gesicht gesagt hat. Ruxtons Anwalt argumentiert, dass Mike dies nur seiner Familie erzählt hat, dass er besser dasteht."

„Das würde Mike nicht tun", gab ich zu bedenken. „Er war grundehrlich."

Sie seufzte. "Ebenso schwer zu beweisen, besonders da er…" Sie schluckte. „Da er tot ist und Jackson…der Leiter, trotz allem…hier ist. Ich habe ein ungutes Gefühl, Janet. Ich denke… Was soll ich tun, wenn sie mir Mikes Lebensversicherung wegnehmen? Ich verdiene nicht genug, um die Hypothek abzuzahlen, geschweige denn Essen und Kleidung für die Kinder zu kaufen."

„Ich weiß nicht, Schwesterherz. Ohne Informationen kann man schwer planen. Mal sehen, was der heutige Tag bringt. Egal, wie schlimm es ist, besser man hat Gewissheit, als sich den Kopf zu zerbrechen."

„Ich hoffe, das stimmt." Damit knüpfte sich Thea ihre Bluse zu und gab mir ihre Tochter. „Walter wird in einer Minute hier sein. Ich bin so froh, dass er mich fährt. Ich weiß, mich zu treffen fällt ihm schwer."

„Thea, nichts von allem, was passiert ist, ist deine schuld. Weder der Unfall noch Walters Verletzungen oder sein Krebs. Nichts. Du bist nur eine verwitwete Mama, die irgendwie versucht, zurechtzukommen. Bitte, lass seinen Schmerz, dass er seinen besten Freund verloren hat, nicht an dich heran. Er fährt dich zur Arbeit und das zeigt, dass er ein netter Mensch ist…was brauchen wir noch für Beweise. Bitte, lass dir von Menschen helfen."

Den Rest habe ich nicht gesagt. Dass sie die Hilfe anderer Menschen annehmen solle, da ich erschöpft und fast so nahe am Burnout war wie sie. Obendrein brauchte sie mich nicht zu trösten, aber sie musste echt aufhören, mich mehr und mehr zu belasten.

Draußen ertönte eine Hupe.

„Tschüss", rief Thea und eilte schon zur Tür hinaus.

„Mama! Mama!", rief Brandy, während sie und Mikey bereits ganz energisch in den Raum stürmten.

Drei kleine Gesichter schauten mich erwartungsvoll an. Für einen Moment fühlten sich meine Augenlider zu schwer an, um sie zu öffnen. Mir war zum Heulen zumute. Ich wollte mich in ein Klo verkriechen, mich verstecken, konnte aber nicht. Ich zwang mich zu einem Lächeln. „Was ist los, Liebling?"

„Können wir heute schwimmen gehen?"

Ja, sicher. „Heute nicht, tut mir leid. Ich kann am Weiher nicht allein auf euch alle drei aufpassen. Nächstes Mal, wenn Tante Thea oder Rick einen Tag frei haben, reden wir darüber. Was ist mit der Bücherei? Märchenstunde."

„Ja!", schrie Mikey und hüpfte vergnügt.

Brandy runzelte die Stirn. „Das ist was für Babys. Ich bin zu alt für die Märchenstunde."

„Ich weiß, Schatz, du kannst dir aber selbst ein Buch aussuchen", seufzte ich.

Brandy sah deutlich, dass es gäbe keine weitere Diskussion gab. Und sie hatte recht, denn andere Ideen hatte ich nicht. Die Bücherei war vom Haus aus zu Fuß leicht zu erreichen, und Mikey war beschäftigt, so dass er nicht auf verrückte Ideen kam, wie Superman zu spielen und aus dem Fenster zu springen oder sich Happen vom Sandwich in die Nase zu stecken.

„Dran bleiben, Biene. Ich weiß, allzu viel Spaß macht es nicht, aber das ist ein hartes Jahr. Es dauert nicht ewig."

„Vielleicht nicht, aber dieser Sommer ist im Eimer."

Ich wollte ihr widersprechen. Thea mochte nicht einmal ansatzweise Flüche, wenn ihre Kinder in der Nähe waren, aber… nein. Ich war nicht sie und sie würde Kompromisse eingehen müssen, wenn sie mich so sehr brauchte. Ich passte auf ihre Kinder auf. Auf meine Ausdrucksweise würde ich nicht auch noch aufpassen…oder mein Kind dazu zwingen.

„Der Sommer ist im Eimer, Kleine, du hast recht. Für eine

Menge Menschen, nicht nur für uns. Deshalb müssen wir besonders nachsichtig sein. Irgendwann sind wir dran."

„Womit, dass das Leben wieder beschissen wird? Oder um Spaß zu haben?", fragte sie und ließ sich dramatisch auf das Sofa fallen.

„Beides, Biene. Beides. Das Leben ist so."

Mikey raste davon, denn er hatte schon wieder Unfug im Sinn.

„Kannst du Emily eine Minute halten? Ich muss sehen, was er vorhat."

Brandy konnte sich ein Lächeln nicht verkneifen, als das sabbernde Kind seine speckigen Arme nach ihr ausstreckte.

Ich reichte ihr Emily und vernahm ein beunruhigendes Scharren in der Küche, wo Mikey einen Stuhl gegen den Kühlschrank gelehnt hatte, auf dessen Lehne er schon gestiegen war. Der Stuhl wackelte, ich raste hinüber und konnte ihn gerade noch fangen, bevor er fiel. „Was sind die Regeln, Mikey?"

Mikey schaute finster.

„Mikey?"

„Füße auf den Boden", stotterte er.

„Das stimmt und ich habe dich schon einmal gewarnt. Jetzt reiß dich zusammen. Wir haben heute noch viel vor und Unfug gehört nicht dazu. Auf, zieh deinen Schlafanzug aus und mach dich fertig, dann gehen wir aus."

Wie eine Rakete stürmte er in sein Schlafzimmer. Seufzend trottete ich hinter ihm her. Mikey war so früh am Morgen selten so in Fahrt. Das konnte ja heiter werden.

GEGEN FÜNF UHR war mir zum Heulen, so müde war ich. Es hatte eine gefühlte Ewigkeit gedauert, Emily für ihren Mittagsschlaf hinzulegen. Nur Brandy gelang es mit der Magie einer Neunjährigen, das Baby ins Bett zu bringen. Aber Mikey weigerte sich, sich überhaupt auszuruhen. Den ganzen Nachmittag verbrachte er damit, von Raum zu Raum zu sausen, wie eine verrückte Aufziehpuppe, auf der Suche nach neuen Möglichkeiten, sich Ärger einzufangen.

Als Thea durch die Tür taumelte, gerade noch rechtzeitig, um ihren Sohn einzufangen, ehe dieser auf die Straße lief, wollte ich nichts lieber als in meinen Wohnwagen zu gehen und mich hinzulegen. Sicher nicht eine halbe Stunde später die Bar öffnen und bis nach Mitternacht Getränke servieren.

Als ich das Gesicht meiner Schwester sah, konnte ich nicht abhauen. „Was ist passiert?".

Sie und ließ sich aufs Sofa fallen. Die Sonne, die durch das große Wohnzimmerfenster schien, erhellte Falten um ihre Augen und ihren Mund, die so nie zuvor gesehen hatte. Sie sah zehn Jahre älter aus als 24.

„Sei still, Mikey", befahl sie ihrem Sohn. Er gehorchte sofort. „Ich schätze, das könnte man Unentschieden nennen." Sie seufzte. „Der Richter hat geurteilt, dass es daneben war, Witwen und Waisen Geld abzunehmen, um es in einen Industriebetrieb zu investieren, er hat aber auch akzeptiert, dass Mike und die anderen Männer verantwortlich für den Unfall waren und deshalb kein Recht auf eine Entschädigung für die Todesopfer bestehe."

Ich ließ mich auf den Sessel fallen. „Beschissen, aber das war ja zu erwarten."

Diesmal wies sie mich nicht zurecht und echt, wie auch? Es war beschissen.

„Ja, und wenn dies das Ende war, würde ich sagen gut. Lass uns das ganze betrachten und dann schauen wir, was wir tun können."

Aha. „Aber?"

„Aber Jackson ist verrückt. Er hat gedacht, dass er für den Unfall Geld bekommt. Er konnte zwar seine Unkosten decken, hat aber noch eine kaputte Fabrik. Ich schätze, ich habe wie ein gutes Opfer ausgesehen." Sie seufzte und dieser Seufzer klang, als käme er tief aus ihrer Seele.

Ich musste schwer schlucken. „Was ist passiert?",

„Ich wurde entlassen."

„Warum? Selbst nach Mikes Tod, allein mit einem Baby und dem Prozess an der Backe, hast du deine Arbeit perfekt gemacht. Was ist passiert?"

„Jackson hat den Oberschulrat angerufen… und der hat mich entlassen."

„Was hat Jackson mit dem Schulbezirk zu tun?"

„Soll das ein Witz sein? Alles in dieser Stadt gehört ihm, selbst der Oberschulrat. Ich bin erledigt. Hier werde ich nie wieder arbeiten."

Diese Worte lagen in der Luft. Mikey wackelte erneut und sie ließ ihn los. Er sauste zum Zimmer hinaus, gerade als Brandy hereinkam.

Als ich meine Tochter sah, fielen mir viele Sachen auf einmal ein. Ohne Arbeit würde Thea ihr Haus nicht lange behalten können. Sie würde es verkaufen müssen und… was dann? Sie war eine gute Buchhalterin, echt gut, und konnte auch als Rezeptionistin, Schreibkraft und Sachbearbeiterin arbeiten. Grundsätzlich konnte sie es tun, wenn es Büroarbeit war, aber solche Stellen waren in Beulah rar. Der Ort war einfach zu klein. Das bedeutete, sie würde fortziehen müssen. Das wiederum bedeutete, wir hätten keinen Stellplatz für den Wohnwagen mehr. Tagsüber keinen Babysitter. *Und weit weniger Stress und Aufregung. Vielleicht kann ich meinem Kind wenigstens teilweise einen spaßigen Sommer geben.* Bei diesem zufälligen Gedanken hatte ich Schuldgefühle im Bauch.

Brandy schritt durch den Raum und kuschelte sich mit mir in den Sessel. Ich umarmte sie.

„Was nun?", fragte ich Thea.

Sie zuckte. „Ich weiß nicht. Ich bin zu müde zum Denken. Ich habe für Mikey und mich Burger besorgt. Ansonsten habe ich nichts vor."

„Na gut. Komm schon, Biene. Besorgen wir dir ein Abendessen.

„Kann ich auch einen Burger haben?", fragte sie.

„Tut mir leid. Ich muss zur Arbeit. Ich habe etwas Fleisch vom Mittagessen im Wohnwagen. Du kannst dir ein Sandwich machen und bei Rick bleiben…"

„Halt, nein! Tut mir leid", fiel Thea mir ins Wort. „Ich habe auch für Biene einen Burger. Habe ich vergessen, zu erwähnen. Donnerwetter, ich kann nicht klar denken. Und natürlich darf sie gerne hier bleiben, während du weg bist, Schwesterherz. Da ändert sich nichts. Zumindest noch nicht."

Ich nickte, denn ich hatte keine Kraft mehr zum Reden. Brandy löste sich von mir, stand von Stuhl auf und holte sich die Tasche mit dem wohl bekannten goldenen M darauf.

„Du bist die Beste, Schwesterherz", stotterte ich, obwohl ich noch immer nicht sicher war, ob ich wach genug war, um zur Bar zu fahren, geschweige denn die ganze Nacht Getränke zu servieren und Geld zu wechseln.

Ich legte Brandy die Arme um die Schultern und ging dann durch die Küche zur Hintertür hinaus, auf den Wohnwagen zu, wo ich mir etwas Passenderes für eine lange, späte Nacht an der Bar anziehen konnte.

Als ich über die mit Kies bestreute Auffahrt ging, hörte ich wie eine Tür zuschlug und wollte nachsehen, denn ich fragte mich, ob Rick gekommen war.

Seine Harley stand natürlich auf dem Ständer nahe meiner Tür, was aber nicht den Lincoln erklärte, aus dem eine vertraute, unwillkommene Gestalt ausstieg.

„Bitte, Bill", stöhnte ich mehr als zu sprechen. „Lass mich bitte in Ruhe."

„Na komm jetzt, Janet, Schatz. Ich habe das mit deiner Schwester gehört. Willst du nicht, dass ich dich tröste?"

„Nein, will ich nicht", keifte ich. „Bill, ich bin müde und jetzt gerade will ich dich nicht sehen. Hau ab."

Er trat näher zu mir.

„Billy Bishop, weg von meiner Frau, zum Teufel", drang eine wohl vertraute Stimme von meinem Wohnwagen her.

„Ähm, Rick, äaah …"

Turnschuhe knirschten auf dem Kies. Eine Tür schlug zu. Ein Motor dröhnte. Mein Blick ruhte auf Rick. Er sprang auf den Rasen und näherte sich mir mit großen Schritten. Er zog mich an seine Brust. „Komm schon, Mama. Rein mit dir."

Er führte mich zum Wohnwagen und mit jedem Schritt schmiegte ich mich mehr an ihn.

„Geht es dir gut?"

Ich schüttelte den Kopf. „Nein… Ich kann nicht…"

„Ich weiß. Du bist kaputt. Du musst dich ausruhen. Komm rein und leg dich hin."

„Aber die Bar …"

„Keine Sorge, Janet. Erhol dich. Endlich mal. Heute Abend kümmere ich mich um die Bar. Ich weiß, wie das geht. Bleib du hier und ruhe dich aus. Schließe die Tür ab. Dieser Idiot kommt vielleicht zurück."

Ich wollte widersprechen. Rick daran erinnern, dass dies meine Bar war, aber ich konnte nicht. Meine Stimme versagte.

„Zähne putzen?", schlug ich vor.

„Ja. Natürlich." Er führte mich ins Bad und stand im Gang, während ich geistesabwesend meine Zahnbürste im Mund bewegte. Dann führte er mich zum Bett und legte mich auf die Matratze.

„Ich liebe dich." Das war mir nur so raus gerutscht.

Er schwieg. „Ich weiß, Janet. Nur nicht so schüchtern. Das höre ich gerne. Wo sind die Schlüssel?"

„Im Geldbeutel", stotterte ich und meine Augen schlossen sich bereits.

Es war erst kurz nach fünf, aber ich war erschlagen. Das Letzte was ich hörte war, wie das Schloss an der Tür meines Wohnwagens klickte und wie Rick sein Motorrad anwarf.

KAPITEL 3

Ich schaute gerade mürrisch auf die Kaffeekanne, die auf dem Tresen des Wohnwagens stand, als ich das selten benutzte Schloss an der Tür klicken hörte.

„Hey, Mama", rief Rick und stampfte krachend über die Metallstiege in den Raum.

„Hallo, Schatz", antwortete ich beiläufig und widmete mein Augenmerk dem kleinen Rest Kaffee in der Kanne.

Er zog die Tür hinter sich zu. „Ist Biene schon wach?"

„Bisher habe ich sie nicht gesehen", antwortete ich. „Wenn sie kann, schläft sie gerne aus. Ich kann sehen, wie sich die Pubertät Tag um Tag bei ihr ausbreitet. Ich bin nicht bereit, die Mutter einer Jugendlichen zu sein."

Rick schlang seine Arme um meine Hüfte und legte sein Kinn auf meine Schulter. Ich ließ mich in seine Arme sinken. „Janet, können wir reden.

Mir wurde flau im Magen. Verdammt. Dann machte es Sinn für Rick, die Sache zu beenden. Unsere unsichere Affäre aufrecht zu erhalten, würde zu viel Unruhe schaffen, obwohl ich seine Unterstützung noch etwas hätte ausnutzen wollen.

„Eine Sekunde", sagte ich, holte meine verbeulte Lieblingstasse aus Zinn und schenkte mir Kaffee ein. Dann saß ich mit ihm zusammen auf die Bank, die Brandys Bett war, wenn sie bei mir übernachtete… und die sie manchmal mit Mike teilte.

Rick legte mir den Arm auf die Schultern. Ich nippte an meinem Kaffee.

„Hast du gut geschlafen?", fragte er.

„Wie ein Stein", antwortete ich und wünschte, er würde zum Punkt kommen. In meinem Magen kribbelte es.

„Das ist gut. Ähm, Schatz? Es… es gibt schlechte Nachrichten."

Ja. Du machst mit mir Schluss. Sag es einfach. Ich nippte an meinem Kaffee, brachte ihn aber nicht runter.

„Ähm, Walter war gestern Abend in der Bar und, ähm, er hat erzählt, dass Jackson jedem bei Ruxton Dünger gesagt hätte, würde man sie in deiner Bar erwischen, seien sie entlassen."

„Was?" Das war so fernab dessen, was ich erwartet hatte, dass ich nicht wusste, wie ich es verarbeiten sollte. „Warum?"

„Er hat Angst, dass sie, weißt du, nach allem, was passiert ist, vielleicht versuchen, sich gewerkschaftlich zu organisieren. Um zu verhandeln oder zu den Behörden zu gehen oder so etwas. Es ist schließlich deine Schwester, die… so viel Ärger hatte. Sie haben Angst, du könntest auf Rache aus sein."

Ich keifte: „Klar. Denn es gibt nichts Umstürzlerischeres, als sich seinen Lebensunterhalt zu verdienen. Haben sie Jackson ernst genommen?"

„So traurig es ist, ja. Walter war der Einzige, der sich blicken ließ. Ich meine, so krank wie er ist, macht sich keiner allzu große Sorgen, was er tun wird."

„Mein Gott, was ist Ruxton für eine beschissene Firma. Wie können sie es wagen, mich in *meine* Angelegenheiten einzumischen? Ich serviere Bier und zettle keinen Aufruhr an."

„Das würde Jackson an deiner Stelle tun und nur das kann er verstehen."

„Interessant." Ich schwieg. Was konnte ich noch sagen? Es war unwichtig, warum Jackson meine Bar dicht machte. Viel wichtiger waren die Auswirkungen, die das haben würde. „Ich bin im Eimer. Jetzt kann ich unmöglich im Geschäft bleiben."

„Bist du sicher?", fragte er.

„Ziemlich sicher. Mitarbeiter von Ruxton stellen etwa die Hälfte meiner Stammkunden. Die andere Hälfte besteht fast gänzlich aus Fernfahrern, die außerplanmäßige Schichten haben. Hier gibt es nicht genug Leute auf einmal, um die Rechnungen zu bezahlen." Ich schluckte. „Sonst kann ich hier auch nichts weiter tun. Ich werde wegziehen müssen und Thea befasst sich auch bereits mit Umzug. Ich nehme an, wir bleiben zusammen… wohin wir auch gehen."

Ich getraute mir, ihm ins Gesicht zu schauen. Er hatte einen sehr konzentrierten Gesichtsausdruck und ein kleines Fältchen am Augenwinkel.

Ich wünschte, ich hätte erraten können, was er mit diesem Blick sagen wollte, aber durch den ganzen Schock und zu viel Stress war ich richtig plattgemacht. Blöd. Ich konnte nicht nachdenken. „Rick?"

„Klingt so, als könntest du etwas… Hilfe brauchen.

Ich legte meinen Kopf wieder auf seinen Arm und das Polster der Bank. „Das wäre schon was, aber jeder in der Stadt lebt von Ruxton auf irgendeine Weise. Wer würde seine Existenz riskieren, um einer alleinerziehenden Mutter und einer blamierten Witwe zu helfen?"

„Ich würde es."

Ich ließ den Kaffee in meinem Becher kreisen. Schnell nahm ich einen Schluck, ehe ich ihn verschüttete. „Rick?"

„Ich sehe, was ich tun kann. Du bist nicht allein, Janet. Das stehen wir gemeinsam durch, komme was da wolle."

Ich hatte Tränen in den Augen. „Danke, Schatz. Ich … ich weiß es wirklich zu schätzen."

Er drückte meine Schultern. „Denke noch etwas darüber nach. Ich muss in die Werkstatt. Die Lastwagen reparieren. Heute Abend oder morgen reden wir. Schmieden einen Plan. Alles wird gut. Du wirst sehen.

Ich nickte. Ich war nicht sicher, was Rick wirklich tun konnte. Aber nur zu wissen, dass er mich nicht allein meinem Schicksal überließ, gab mir ein besseres Gefühl.

Rick küsste mich auf die Stirn, fuhr mir durch die Haare und verließ den Wohnwagen. Ich hörte, wie seine Harley davonfuhr.

Zeit in den Tag zu starten.

Ich schlüpfte in meine Sneakers, ging über die mit Kies bestreute Auffahrt und schaute durch das Schlafzimmerfenster. Abermals lag meine Tochter schlummernd im Gästebett, die Arme um ihren Cousin geschlungen. Sie war so ein liebes Kind. So offenherzig.

Plötzlich hatte ich eine Wut im Bauch. Auf Roy Jackson, der in dieser gottverlassenen Stadt genug Macht, Geld und Einfluss hatte, um einfach als kleine Rache zwei Not leidende Familien zu ruinieren…

Ohne groß Nachzudenken, rannte ich zu meinem Truck und warf den Motor an, dann fuhr ich von der Auffahrt, den Kaffee ließ ich auf dem Treppenabsatz der Hintertür stehen.

Ich brauchte nur ein paar Minuten, um durch die letzte Hauptverkehrszeit zu kommen, und war auch schon bei Ruxton Dünger.

Der Schaden, den die Explosion an der Fabrik verursacht hatte, war groß. Man konnte es noch nach einem Jahr sehen. Die Ruine des Hauptlagers war abgetragen worden, aber die übrigen Gebäude hatten Schrammen und Kratzer. Scherben und Metallsplitter lagen auf dem Hof und würden bald einen Reifen aufschlitzen.

Das war mir egal.

Ein Leben ist mehr wert als eine Firma. Und fünf Leben? Das konnte man nicht vergleichen. Alle waren verheiratet. Vier hatten kleine Kinder. Außerdem würde der arme Walter, der bereits den Kampf gegen den Krebs verloren hatte, die Narben dieser Explosion den Rest seines kurzen Lebens behalten. Fünf Tote, 14 Leben, die nie mehr dieselben sein würden und alles was dieses Arschloch Jackson interessierte, war Geld.

Wütend stürmte ich in den Wohnwagen und schaute einen kleinen, schuppigen Mann mit blondem Schnurrbart an, der in einem noblen Bürostuhl saß.

„Fräulein Miller. Wie kann ich Ihnen helfen?"

„Stimmt es?", keifte ich ihn an, die Hände in die Hüften gepresst.

„Wovon sprechen Sie?"

„Haben Sie die Männer von meiner Bar weg beordert? *Nachdem* Sie meine Schwester entlassen hatten?"

„Mehrere wichtige Familien in dieser Stadt haben Kinder im Schulbezirk. Es hat mich getroffen, dass Ihre Schwester vielleicht … ihren Frust an ihnen auslassen könnte, worunter vielleicht ihre Bildung leiden könnte", antwortete er, aalglatt und völlig gelassen. „Mir ist außerdem eingefallen, dass, bei Ihrer… Familienbindung… es vielleicht sinnvoller für meine Mitarbeiter wäre, wenn sie andere Etablissements aufsuchen."

„Das dürfen Sie nicht tun!", sagte ich, als Antwort auf seinen kalten, todernsten Ton. „Was für ein Arschloch ruiniert zwei Familien aus reiner Bosheit? Sie haben den verdammten Fall gewonnen. Lassen Sie uns in Ruhe."

Er schmunzelte. „Was wollen Sie dagegen tun? Haben Sie etwas… wertvolles anzubieten, um mir vielleicht den Tag zu versüßen?" Er beäugte mich von oben bis unten. „Eine unanständige Frau hatte ich noch nie."

Die Wut, die in mir aufstieg, brach sich fast Bahn. Ich hatte Angst, wenn ich sie raus ließ, müsste ich kotzen. „Nein, danke", antwortete ich kurz und knapp.

„Dann schlagen Sie vielleicht Ihrer Schwester vor, dass es zu ihrem Besten ist, sich… auf meine, die gute Seite zu schlagen. In den Schulbezirk kann sie nicht zurück aber ich glaube, hier finde ich etwas für sie. Schließlich wird Walter hier nicht länger arbeiten können."

Mir blieb das Herz stehen, nicht nur wegen des traurigen Schicksals meines Freundes, sondern auch wegen Jacksons vulgärem Vorschlag. „Damit sie Ihnen Kaffee kocht, Ihre Akten bearbeitet und… auf Ihrem Schoß sitzt?"

„So ist es", antwortete er selbstzufrieden.

Ich spottete: „Darauf wird sie sich nie einlassen."

Er spitzte die Lippen. „Wenn keiner von Ihnen mir für meinen Großmut danken will, dann haben wir uns nichts mehr zu sagen. Guten Tag, Fräulein Miller."

Keuchend stotterte ich Flüche und stampfte aus dem Büro hinaus, zurück zu meinem Truck. Aber alles, was ich im Moment tun konnte, war hinter dem Lenkrad zu sitzen. Ich war zu aufgeregt zum Fahren. Meine Bar, mein ein und alles…nach meiner Tochter…würde nie groß rauskommen. Es war kein Scherz, als ich Rick sagte, dass ich am Ende war. Wie wir alle. Jackson würde dafür sorgen, dass keiner von uns in dieser Stadt je wieder ein Bein auf die Erde bekam.

Nur eines konnte ich noch tun. Mit Tränen in den Augen fuhr ich vom Parkplatz bei Ruxton und fuhr zu einem vertrauten Bungalow in der Stadtmitte.

⁂

DEN ZWEITEN TAG in Folge saß ich in meinem Wohnwagen, anstatt die Bar zu öffnen. Die Sorgen nagten echt an mir. Ich hatte keine Ahnung, was als nächstes kam. Wieder lehnte ich den Kopf an die Wand und verkniff mir Tränen.

Es klapperte auf der Treppe außerhalb des Wohnwagens, ich schaute nach und sah Rick.

Ich ließ mich in seine Arme fallen und schubste ihn dabei fast die Treppe hinunter.

„Beruhige dich, Mama. Geht es dir gut?"

Ich schüttelte den Kopf. „Alles ist schrecklich. Ich weiß nicht, was ich tun soll. Jackson gibt nicht nach. Was nun?"

Er führte mich wieder hinein und drängte mich auf die Bank, dann setzte er sich neben mich und legte mir den Arm auf die

Schultern. „Ich kann dir helfen. Deiner Schwester. Den Kindern. Ich habe eine Idee, vielleicht genau die, die wir alle brauchen."

„Sag sie mir."

„Ähm, meine Eltern besitzen ein Restaurant in Denver. Eine Weile hatten sie schwere Zeiten, da aber die Rezession abflacht, läuft das Geschäft wieder. Nachdem ich im Laden aufgehört hatte, rief ich sie an. Ich habe gefragt, ob sie vielleicht Arbeit für ein paar schlaue, versierte Frauen hätten. Sie hatten... Interesse."

Ich runzelte die Augenbrauen. „Rick, bist du sicher, dass das eine gute Idee ist? Du willst, dass *ich*, die Frau, die du vögelst, deine Mutter kennen lerne. Will sie nicht, dass du eine anständige, kleine Italienerin heiratest und einen Haufen Babys hast? Ich meine, ich bin keine Italienerin und anständig bin ich auch nicht."

Er antwortete: „Ja, das will sie. Sie hatte aber auch 30 Jahre Zeit, sich an den Gedanken zu gewöhnen, dass ich, ihr Sohn, das schwarze Schaf der Familie bin. Ich tue was ich will, wie ich es will und wenn sie etwas dazu zu sagen hat, kann sie es für sich behalten. Wenn man es so betrachtet, wäre sie nur froh, wenn ich näher nach Hause ziehe, selbst wenn wir zusammenziehen, wenn wir erst da sind."

„Wann hast du beschlossen, dass wir es so ernst meinen? Ich dachte, du suchst etwas Lockeres."

Sein Mundwinkel bewegte sich hoch. „Mama, das war deine Idee, nicht meine. Ich war einverstanden, denn ich wollte bei dir sein, du aber hast darauf bestanden, es langsam und locker anzugehen. Ich dachte, es wäre, weil du auf dein Kind aufpassen wolltest, aber... in letzter Zeit hatte ich das Gefühl, es geht voran und es wäre an der Zeit, dass wir darüber reden."

Meine Augen brannten. „Also denkst du, wir sollten unsere Zelte hier abbrechen und nach Denver ziehen... und was dann? Servieren? Ich schätze, das könnten wir beide tun, obwohl es seltsam wird, nachdem ich so lange eine Bar hatte."

„Nun, eigentlich nicht. Mama und meine Schwestern decken

die Tische. Vater braucht eine Hilfskellnerin. Meistens wirst du Wein servieren, kein Bier, es wäre aber ähnlich."

„Ach. Ähm… und Thea?"

Rick grinste so breit, dass ich Schmetterlinge im Bauch hatte. „Mein Vater nennt sich selbst Spaghetti Koch. Er hasst Buchhaltung und würde am liebsten nur kochen. Sie würde ihm einen großen Gefallen tun, wenn sie sich um den Geschäftskram kümmern würde. Die Bezahlung wäre zwar nicht üppig, würde aber reichen, dass ihr beide Körper und Geist in Einklang hättet, weit weg von dieser Stadt."

„Ich war noch nie in Denver. Darüber nachdenken kann man aber schon. Schauen wir, was Thea meint."

„Du könntest etwas begeisterter klingen." Er runzelte die Stirn.

„Tut mir leid. Mir geht so vieles durch den Kopf. Ich habe diese Bar praktisch alleine aufgebaut…und auch noch in der Schwangerschaft. Neun Jahre lang konnte ich davon leben. Ich hasse es, sie zurücklassen zu müssen. Meine Schwester hat ihren Ehemann verloren. Und obwohl ich ihr gerne helfe, macht mich ihre Not langsam kaputt. Ich muss meine Tochter aus der einzigen Heimat schaffen, die sie je kannte. Dafür, dass du dir eine Lösung ausgedacht hast, bin ich dir echt dankbar, Rick. Ich weiß nicht, ob jemand von uns es sich leisten kann, sie zu ignorieren. Aber momentan gehen mir eine Menge komplizierte Gefühle durch den Kopf."

Er drückte meine Schultern. „Verständlich."

"Sicher, dass du einen Schritt weiter gehen willst?" Ich schaute ihn aus dem Augenwinkel an.

Er nahm mein Kinn und brachte mich in Position, dann verschlang er meinen Mund mit einem seiner verrückten Küsse, bei denen ich dahin schmolz. Da gab es nichts mehr zu sagen. Er hatte ein Grübchen an der Wange, als er lächelte. „Reden wir mit deiner Schwester. Um herauszufinden, woran wir sind."

Ich nahm Ricks Hand, führte ihn die Stufen hinunter und

ging barfuß über das Kies, zur Vordertür von Theas Haus. Ich klopfte.

Einen Moment später öffnete meine Schwester die Tür. Sie trug einen zerlumpten Bademantel, an dem die kleine Emily ihr juckendes Zahnfleisch beruhigte, indem sie am rauen Stoff kaute und ausgiebig sabberte.

„Mikey, hör auf", schrie sie über die Schulter und schaute uns nicht an.

Aus dem Innern des Hauses hörte ich Brandys Stimme: „Ich hab's, Tantchen Thea. Na komm, Kumpel. Holen wir uns ein paar Kekse."

„Gott sei Dank habe ich dieses Kind", stotterte Thea und drehte sich zu uns. Sie erstarrte.

„Dürfen wir eintreten?", fragte ich.

„Ähm, auf Gäste bin ich nicht wirklich vorbereitet... weißt du... ich, ähm will keine Fremden in meinem Haus."

Ich keifte: „Das ist Rick, kein Fremder, und er hat eine Idee, die für uns vielleicht alles verändert. Ich schlage vor, dass du etwa eine Minute von deinem hohen Ross herunterkommst und dir anhörst, was er zu sagen hat."

„Na gut", stotterte sie, trat zur Seite und schlenderte ins Wohnzimmer. Dort ließ sie sich auf das Sofa fallen und setzte Emily auf den Boden.

Das kleine Mädchen nahm eine Rassel und steckte sie in den Mund.

Rick und ich schauten im Raum nach einer Sitzgelegenheit. Aber da es nur den Sessel oder das zweite Kissen neben Thea gab, lehnten wir uns nebeneinander an die Wand.

„Na gut, verdammt. Wie zum Teufel kommen wir aus diesem Schlamassel raus?"

Rick und ich schauten uns an. Scheinbar war meine Schwester mürrischer als sonst.

„Ähm, ich habe mit meinen Eltern über euren... Schlamassel gesprochen und... und sie, ähm..."

Unmut stand in Theas Augen. „Sie was, Herr Marino?"

„Man hat uns beiden Arbeit angeboten, Schwesterherz", sagte ich zu ihr. „Sie möchten, dass wir bei ihnen im Restaurant arbeiten."

„Wo denn? Mit zwei Kindern kann ich nicht sehr weit reisen."

„Ähm, sie leben in Denver", antwortete Rick.

„Denver!", rief Thea und sprang auf. „Wie um alles in der Welt kommen wir überhaupt dorthin? Ihr wisst doch, dass ich überhaupt kein Auto mehr habe, seit dem Unfall nicht."

„Wir hängen meinen Wohnwagen an den Chevrolet Silverado und fahren los", antwortete ich. „In der Kabine ist Platz für zwei Erwachsene und ein oder zwei Kinder. Alle anderen könnten im Wohnwagen sitzen. Nachts könnten wir dort schlafen und es gibt ein Bad und eine Küche, wir könnten also Geld sparen, indem wir kochen, wenn wir auf dem Weg Rast machen."

Sie hob die Augenbrauen. „Das ist echt eng."

Ich antwortete: „Vielleicht, aber es wäre nur für… für wie lange, Rick? Wie weit ist es von hier nach Denver?"

„Hierher brauchte ich mit dem Motorrad zwei Tage. Mit Kindern bräuchten wir vielleicht drei Tage. Außerdem hatte ich damals Roscoe nicht. Mehrmals täglich muss er raus und sein Geschäft verrichten."

„Was ist ein Roscoe?", fragte Thea.

„Das ist mein Deutscher Schäferhund",

Thea schaute noch besorgter. „Ich kann Hunde nicht leiden. Besonders keine großen, aggressiven Hunde. Was, wenn er die Kinder beißt?"

„Roscoe ist kinderlieb", sagte Rick barsch.

„Er wird gut mit Biene auskommen. Ihretwegen habe ich mir nie Sorgen gemacht."

Thea stotterte etwas, von dem ich ziemlich sicher war, dass es eine Bemerkung über meine schlechte Erziehung war. Das glaubte ich zumindest, obwohl ich es nicht richtig hörte.

„Das denke ich, denn Rick hat das uns zuliebe ausgehandelt

und wir können seinen Hund ohne großes Tamtam mitnehmen. Besonders da Roscoe ein guter Junge ist, der uns keinen Ärger macht."

„Nun, ich sehe, du hast dich bereits entschieden und willst es durchziehen", sagte Thea steif. „Mit einem fragwürdigen Menschen und seinem Hund durch das halbe Land zu reisen, scheint mir nicht sehr klug zu sein."

Rick verzog sein Gesicht.

Ich schüttelte den Kopf. „Dorothea Ambrose! Warum bist du so barsch? Rick ist kein fragwürdiger Mensch. Er ist mein Freund und ich liebe ihn."

Er drückte meine Hand.

Ich wandte mich an Rick. „Es zu versuchen war süß von dir, Schatz, ich glaube aber nicht, dass Thea uns zuhören wird. Ihr ist es lieber, dass sie und ihre Kinder leiden, um unseren „unmoralischen" Lebenswandel zu beweisen. Ich schätze, wir werden einfach ohne sie nach Denver gehen müssen. Im Büro habe ich vielleicht nicht so viel drauf wie sie, habe aber meine Bar jahrelang geführt. Es würde mich freuen, deinen Eltern bei der Buchhaltung zu helfen."

„Denver?" Ich drehte den Kopf und sah Brandy, die im Gang Mikeys Hand hielt. Ihre Unterlippe zitterte. „Ich will nicht nach Denver."

Sie ließ Mikey los und rannte aus dem Raum. Ich hörte die Hintertür zuschlagen.

„Gut gemacht", säuselte Thea in sarkastischem Ton.

„Vergesst es", keifte ich. „Wenn ihr meine Hilfe nicht mehr wollt, seht zu, wie ihr allein zurechtkommt. Komm schon, Rick. Wir gehen."

Wir verließen das Haus.

„Wo denkst du ist Brandy hin?", fragte Rick.

„Ich wette zum Weiher. Es gefällt ihr dort."

Ich ging zurück zum Wohnwagen.

„Was hast du vor?", fragte Rick.

„Ich brauche Schuhe", antwortete ich. „Wenn ich schon ein

sportliches Kind am Ufer entlang jagen muss, will ich das nicht barfuß tun."

In Windeseile schlüpfte ich in meine Turnschuhe, eilte wieder nach draußen und steckte den Zündschlüssel in den Chevrolet Silverado. Ich hüpfte ins Fahrerhaus und warf den Motor an. „Kommst du?", fragte ich und schloss die Tür.

„Ähm, ich gehe wohl besser zurück zu mir. Ich muss den Hund füttern. Ich halte es für besser, du sprichst selbst mit Biene. Wenn du sie am Weiher nicht findest und willst, dass ich dir suchen helfe, ruf mich."

Ich nickte. „Na gut."

Ich weiß, der Blödsinn meiner Schwester hat ihn mehr verletzt, als er zugeben wollte, aber er hatte recht. Hätte ich Brandy erst gefunden, wäre es am besten, allein mit ihr zu sprechen.

Es dauerte nur wenige Minuten, da erreichte ich ein kleines Gewässer, auf das hohe Bäume ihren Schatten warfen. Tatsächlich saß eine kleine Gestalt am Dock und hängte die Füße ins Wasser.

Ich parkte den Truck auf einem dünnen Fleckchen Gras, wo vorher schon einige geparkt hatten, dann ging ich zum Wasser und setzte mich mit überkreuzten Beinen neben Brandy. „Hey, Biene."

„Ich will nicht nach Denver", sagte sie.

„Ich habe es gehört. Ich wünschte, wir müssten nicht gehen."

„Warum müssen wir das?", fragte Brandy. „Warum können wir nicht bleiben?"

Ich überlegte mir, wie ich am besten darauf antworten sollte. Die Situation war kompliziert und mit neun Jahren ist man nicht wirklich erwachsen, aber… „Die Firma, bei der Onkel Mike gearbeitet hat?"

„Die, die für seinen Tod verantwortlich ist?", fragte sie nach.

Ich schloss kurz die Augen. Die warme Sommersonne wärmte meine Haut. „Ja, ich schätze das stimmt. Sie haben entschieden, dass sie auch mich nicht leiden können. Niemand, der dort arbeitet, darf in meine Bar."

„Dürfen die das?", fragte sie.

Ich zuckte. „Es ist nicht legal, aber es ist auch nicht legal, Menschen zu töten. Die Wahrheit ist, durch illegale Aktivitäten hat dieser ganze Ärger angefangen."

„Also kann man nichts dagegen tun?"

Ich schüttelte den Kopf.

„Was für *Arschlöcher*."

Ich grinste, war aber kein bisschen belustigt. „Dass du mir ja vor Tantchen Thea nicht so sprichst."

Sie verdrehte die Augen.

Ich zog meine Schuhe aus und streckte die Füße ins Wasser.

„Warum Denver?"

„Rickys Eltern haben mir Arbeit in ihrem Restaurant angeboten."

„Meine Freunde werden mir fehlen." Ihre Stimme versagte. „Und Thea und Mikey und die kleine Emily. Die Familie sollte sich nicht trennen."

„Ich weiß. Wir haben sie eingeladen, können sie aber nicht zwingen, zu kommen. Tut mir leid wegen deinen Freunden. Es würde mich nicht überraschen, wenn bei vielen von ihnen die Eltern plötzlich was vor hätten. In dieser Gegend wird es bald echt ungemütlich."

Sie schaute mich an, die Sonne schien auf die Sommersprossen auf ihrer Nase und ihr zerzaustes braunes Haar fiel über ihre Augen. „Ist es nicht besser, wenn wir füreinander einstehen?"

Ich seufzte. „Ich wollte nicht, dass du diese Lektion so früh lernst, Biene, aber nein. Diesmal nicht. Wenn es nur gegen einen Menschen oder eine kleine Gruppe geht, ist es gut, wenn man für sich einsteht, aber manche Schlachten kann man nicht gewinnen und es ist besser, man rettet sich, als dass man im Kampf stirbt.

„Also ist es wie damals, als du vor deinen Eltern abgehauen bist?"

Dieses Kind wusste zu viel. „Da hast du nicht Unrecht", antwortete ich mit rauer Stimme.

Sie tätschelte meinen Arm. „Können wir Skifahren lernen?"

Ich blinzelte und dann, nahm ich sie wortlos in die Arme und drückte sie ganz fest. „Komm schon, Brandy-Biene. Gehen wir nach Hause. Mal sehen, ob uns Tante Thea Mikey zum Schwimmen mitnehmen lässt. Darauf haben wir schon lange gewartet und am Weiher ist es heute großartig, du brauchst aber deinen Badeanzug."

Sie lächelte, hatte aber Tränen in den Augen.

***

„ICH FASSE ES NICHT, dass du uns das antust", flüsterte Thea.

Emily wand sich in ihrer Wiege.

„Ganz ruhig, Schwesterherz. Du willst sie sicher nicht aufwecken", hauchte ich. „Verschwinden wir hier."

Auf Zehenspitzen gingen wir zum Zimmer hinaus und zur Küche. Vom Gang aus konnte ich Mikey und Brandy sehen, die im Wohnzimmer ein Brettspiel spielten. Ihre nassen Haare klebten ihnen im Gesicht.

Ich schenkte mir ein Glas Wasser ein und nippte. „Jetzt lass uns mal was klarstellen, Thea. Niemand tut dir was."

Sie keifte …

„Ich meine Rick und mich, nicht Jackson und du weißt das. Ricky will uns beiden nur helfen. Du hättest nicht so hart zu ihm sein müssen."

Thea blies sich die Haare aus den Augen. „Tut mir leid. Es… Es ist nur…"

„Ich weiß. Ein Jahr lang hast du die Hölle durchgemacht und gerade wird alles nur schlimmer. Kein Wunder, dass du gestresst bist. Denk aber daran, wer der wirkliche Feind ist. Nicht ich und ganz sicher nicht Rick."

„Ich weiß, ich weiß. Ich, nur… Das Leben ist hart, weißt du? Ich hätte nie gedacht, dass ich als allein erziehende Mutter enden würde. Jetzt werden die Leute doppelt so hart mit mir ins Gericht gehen. Wenn meine Kinder nicht perfekt sind, sie fluchen und mit Menschen abhängen, die…"

„Sie werden leben. Wie alle anderen, die unvollkommen sind. Wie du, Brandy und ich. Wen schert schon, was ein paar neugierige, alte Hennen denken? Du kannst dein Leben nicht nach ihnen ausrichten. Außerdem ist Denver viel größer als Beulah. Die Leute werden zu sehr mit sich beschäftigt sein, um ihre Nase in deine Angelegenheiten zu stecken. Würdest du uns begleiten, könntest du etwas ausspannen, denn die Leute hätten keine Zeit, dich zu verurteilen." *Und diesen prüden Mist könntest du endlich hinter dir lassen.* So weit ging ich dann doch nicht. Thea hat das Temperament unserer Eltern geerbt, schon beeindruckend, also wollte ich sie gewöhnlich nicht auf die Palme bringen.

„Nun, ich weiß. Es muss aber auch etwas gesagt werden, um das Richtige zu tun."

Ich seufzte. Es sah so aus, als hätte sie nicht vor, ein klein wenig nachzugeben. „Ich schätze, wir sind nie einer Meinung, was es heißt, das Richtige zu tun. Aber jetzt gerade kannst du es dir nicht leisten, wählerisch zu sein. Rick, Brandy und ich verziehen uns aus der Stadt. Bald. Ich bin sicher, es macht ihm dennoch nichts aus, wenn du und die Kinder auch kommen. du musst aber aufhören, Blödsinn über ihn zu erzählen. Ich weiß, dass wir nicht verheiratet sind, passt dir nicht. Er hat mich aber nicht dazu gezwungen. Diese Entscheidung haben wir gemeinsam getroffen und dafür entschuldige ich mich nicht. Kannst du uns jetzt aufhören zu verurteilen oder trennen sich unsere Wege hier?"

„Was tue ich?", fragte sie nach.

„Keine Ahnung", antwortete ich. „Was willst du denn?"

Sie ließ sich auf einen Küchenstuhl fallen und schlug die Hände über dem Kopf zusammen. „Was ich will? Ich will meine

Arbeit wieder haben. Ich will mein *Leben* wieder haben. Ich will Mike wieder haben. Das alles kann ich nicht haben."

Ich legte ihr die Hand auf die Schulter. „Das weiß ich und es ist echt beschissen. Du hast aber noch mich. Du hast noch Brandy. Du hast sogar Ricky, wenn du nur anständig zu ihm wärst. Du bist nur so allein wie du es willst."

„Es ist zu schwer, Janet. Das kannst du nicht verstehen."

Sie hatte natürlich recht. In den letzten Jahren hatte ich selbst viel Ärger, aber das Dilemma in dem Thea steckte, lag jenseits meiner Vorstellungskraft. „Ich kann es nicht wie früher machen, Thea, kann aber meinen Neuanfang mit dir teilen, wenn du willst. Du musst nur aufhören, meinen Freund schlecht zu machen und seinen Hund tolerieren. Ist das echt zu viel verlangt?"

Thea legte den Kopf auf den Tisch und antwortete nicht, also ging ich aus dem Zimmer und spielte wieder mit den Kindern.

KAPITEL 4

RICK LEGTE mir den Arm um die Hüfte. Ich kuschelte mich an seine Schulter. Von der anderen Seite des Wohnwagens konnte ich Brandy leise atmen hören.

Es klopfte an die Tür des Wohnwagens. Ich stöhnte.

Einen Moment später hörte ich ein Klicken und Schritte auf der Metallstiege.

„Janet?"

„Der Zweitschlüssel bedeutet nicht, dass du hier kurz vor Sonnenaufgang rein darfst", stotterte ich.

„Das habe ich gehört", sagte Thea zu mir.

„Sie wird dir das Maul stopfen", flüsterte Rick mir ins Ohr.

Ich keifte:

„Donnerwetter, ihr beide. Könnt ihr nicht… einfach?"

„Jetzt bist du in meinem Wohnwagen, Thea, also Schluss damit. Und du solltest besser einen verdammt guten Grund haben, mich um…", ich schaute auf den Wecker „Viertel nach Sechs morgens zu wecken."

„Ja. Erstens wollte ich mich bei dir entschuldigen, Ricardo, dass ich dich gestern so angegangen bin. Und zweitens, wenn du noch willst, würde ich gerne mit nach Denver kommen. Wenn du deinen Eltern meinen aufrichtigen Dank ausrichtest, das fände ich schön",

Ich stöhnte und legte den Arm auf meine Augen. „Hättest du das nicht in so zwei Stunden sagen können? Von uns muss ja heute keiner wohin."

„Nö. Wir müssen eine Menge vorbereiten. Ihr steht besser auf und frühstückt. Das wird ein großer Tag."

„Was ist heute los?", fragte Brandy.

„Wir müssen uns fertig machen, Biene", sagte Thea freundlich. „Lebensmittel für die Reise einkaufen. Sicherstellen, dass die Tanks des Wagens gefüllt sind. Janet, was wird aus der Bar?"

Ich rollte mich auf die Seite und stützte mich auf den Ellbogen. „Die habe ich gestern an Buck überschrieben. Bald schon würde er nicht mehr Lastwagen fahren und seine Frau freute sich nicht darauf, dass er im Haus sein und den ganzen Tag nichts tun würde. Er hat mir gezahlt, was er aufbringen konnte. Kein Vermögen, aber sie ist schon eine Spelunke, wisst ihr? Das reicht. Was wird aus dem Haus?"

Thea schüttelte den Kopf. „Ich weiß nicht. Ich habe keine Zeit, es auszuschreiben und zu verkaufen. Ich würde gerne bei der Bank vorbei und wissen, was sie vorschlagen."

„Hol dir für den Verkauf einfach einen Immobilienmakler. Suche dir eine Bank in Denver und faxe die Papiere hin und zurück."

„Danke, Ricardo. Das ist eine gute Idee", sagte sie förmlich und in steifem Ton, was Sinn machte, denn er trug nur Unterwäsche und schlief in meinem Bett. „Wann erwartet uns deine Familie?"

„Wann immer ich es ihnen sage, nehme ich an."

„Meinst du, sie sind vorbereitet, wenn wir am Montag anfangen?"

„Thea!" Plötzlich sprang ich auf und zog die Decke an mich. „Es ist schon Mittwoch."

„Habe ich auch gemerkt", meinte sie. „Ich würde am liebsten

gleich weiter. Wenn wir heute hart arbeiten, werden wir dann gleich am Morgen los können?"

Rick räusperte sich, Brandy schniefte und mir blieb das Wort im Hals stecken. „Wa… warum die Eile?"

Sie seufzte und wirkte etwas schlaff. „I… ich weiß nicht. Nur… ich will nur nicht die Summe von der Lebensversicherung verbraten, wenn ich arbeiten könnte. Jetzt, wo mir die Idee gekommen ist, will ich sie fortführen. Mit Kindern im Gelände zu reisen hört sich nicht spaßig an. Das Letzte, was ich will, ist herumzusitzen und mir tagelang deswegen Sorgen zu machen."

„Mami!",

hörten wir Mikey rufen und drehten uns alle zum offenen Wohnwagen um, aus dem er auf den Hof eilte, seine kleine Schwester unsicher unter dem Arm.

„Gütiger Himmel!" Thea sprang von der Tür auf den Rasen und raste zu ihren Kindern, ehe Mikey Emily auf den Boden werfen konnte.

Rick seufzte und ließ sich wieder aufs Bett plumpsen. „Hat sie immer die Oberhand?" Er legte die Arme vor die Augen.

„Normalerweise ja", antwortete Brandy.

„Schon seltsam, denn sie ist die jüngste Schwester", ergänzte ich. „Wir werden keine Ruhe haben, bis sie sesshaft ist. Ich hoffe, du bereust deine Großzügigkeit nicht, Schatz."

„Ich auch. Augen zu, Kind. Ich stehe auf. Ich muss mich um meinen Hund kümmern, wenn ich schon wach bin."

„Ich werde aufhören, alles für Thea zu besorgen," sagte ich zu ihm, „und bringe Roscoe hierher. Ich glaube nicht, dass ihm eine Fahrt auf deinem Motorrad gefallen würde."

„Das ist klar."

Brandy drehte sich zur Wand, ließ Rick seine Klamotten schnappen und er hopste in das winzige Badezimmer, um sich anzuziehen.

„Was sollen wir auf die Reise zu essen mitnehmen?", nuschelte Brandy ins Bettzeug.

„Das Übliche, schätze ich", antwortete ich. „Müsli. Sandwiches. Dosensuppe. Vielleicht können wir irgendwo Abendessen, aber wir sollten andere Optionen haben, nur für alle Fälle.

„Können wir eine Limonade haben?"

„Sicher."

ROSY JIMINEZ SCHIELTE MICH AN. „Ich kann dich echt nicht rein lassen, Janet."

Neben mir kreischte Brandy.

„Hat sich so schnell alles zum Schlechten gewendet?"

„Was passiert ist? An einen Tag war alles gut, traurig aber gut, am nächsten erzählt mir Jose, dass ich nie mehr mit dir oder deiner Schwester sprechen kann."

Ich antwortete: „Ich sage dir, was ich weiß. Aber es ist wahrscheinlicher, man zieht über uns her, weil wir auf der Straße stehen, nicht?"

Rosy stieß einen schweren Seufzer aus, schaute sich die Häuser der Nachbarn an und trat zur Seite, sodass ich in ihr Haus konnte. Vor einer Woche noch hatte ich sie und ihre Kinder auf ein Eis eingeladen, ohne auch nur darüber nachzudenken. Obwohl ich die Starke mimte, war ich ebenso wenig scharf drauf, meine Freunde zu verlassen, wie meine Tochter.

„Setz dich doch eine Minute. Miguel!"

Ein karger, dunkelhaariger Junge, der schnell aus seinen Jeans wuchs, betrat den Raum. Er warf Brandy einen Blick zu, raste vor, schnappte ihre Hand und zog sie wieder aus dem Raum.

Wie im Haus meiner Schwester führte die Vordertür der Familie Jiminez direkt in ein kleines Wohnzimmer mit einer großen Küche, einschließlich Essbereich. Theas Vorliebe für dezentes Braun und Moosgrün konnte man im Wohnzimmer der Familie Jiminez sehen. Sonnen und Monde aus Keramik, gelb und orange, hingen an den türkisfarbenen Wänden und ein Bild eines Leguan, der grün und richtig lebendig aussah, grüßte mich mit einem feierlichen Gesichtsausdruck, aus einem gleichsam leuchtenden Hintergrund aus Blättern. Ihr Haus wirkte immer so lebendig auf mich.

Ich ließ mich auf einen Stuhl unter dem Bild fallen und die alten Federn des Sofas drückten mich wieder hoch.

Rosy ging auf ihren Schaukelstuhl zu. „Janet, was zum Teufel ist los?"

Rosy und ich waren aus vielerlei Gründen befreundet. Ich musste einfach grinsen. Dann verblasste mein Lächeln. „Du hast von der Gerichtsverhandlung gehört, oder?"

Sie nickte.

„Sie haben verloren. Die Firma wird nicht für den unrecht-mäßigen Tod meines Schwagers oder der anderen Arbeiter, die bei der Explosion ums Leben gekommen sind, zahlen müssen. Aber der Richter hat die Familien nicht gezwungen, die Schäden zu bezahlen. Das Beste, das ich mitteilen kann, ist, dass Jackson und die Eigentümer sauer sind, dass sie für die Gebäude selbst aufkommen müssen."

Sie runzelte die Stirn. „Wenn sie nicht für die Gebäude, die in die Luft geflogen sind, zahlen wollten, dann hätten sie verhin-dern sollen, dass sie in die Luft fliegen."

„Sag ich doch", stimmte ich zu. „Sie haben versucht, Mike die Schuld zu geben, dass die Männer die Sicherheitsvor-schriften nicht eingehalten haben. Wir wissen aber beide, das würde er nie tun. Der Richter hat das geschluckt, zögerte aber, die Familien zur Verantwortung zu ziehen. Ich wäre nächste Woche lieber nicht bei seiner Golfpartie mit Jackson dabei."

„Jackson ist ein Dummkopf." Sie fasste sich an die Stirn, ihr Herz und ihre Schultern.

„Das ist er. Mehr noch, da er, wie du gemerkt hast, versucht, meine Familie für seinen Frust zu bestrafen. Nicht genug, dass Thea ihre Arbeit verloren hat, bei all den Mäulern, die sie zu stopfen hat, sie haben auch noch allen Angestellten bei Ruxton verboten, in meine Bar zu kommen. Und offenbar werden wir jetzt generell gemieden. Gott sei Dank arbeitet Rick nicht für sie."

„Was hast du vor, Janet? Wie können du und Thea unter diesen Umständen für eure Kinder aufkommen? Sie sollte auf der Hut sein. Ich gehe davon aus, Jackson wird für sie schon bald eine neue Arbeit auftun …, wenn sie ihm spezielle Gefälligkeiten erweist."

Ich keifte: „Das hat er bereits angeboten. Ich habe ihm gesagt in seinen Träumen. Was für ein Widerling."

Rosy nickte. „Aber was würde Thea tun, wenn sie keine Wahl hätte?"

„Es wäre sehr schwer für sie. Glücklicherweise haben wir eine neue Chance. Ricks Familie hat uns Arbeit angeboten, also schätze ich, dass wir durch das Land ziehen. Deshalb bin ich gekommen. Wir werden lange Zeit nicht zurückkommen, wenn überhaupt. Ich wollte nicht verschwinden, ohne Biene die Chance zu geben tschüss zu Miguel zu sagen. Keiner ihrer übrigen Freunde würde uns einlassen und wir haben eine Menge Arbeit zu erledigen, ehe wir aufbrechen können. Ich bin froh, dass du die Chance ergriffen hast. Ich hoffe, das hat keine Konsequenzen für dich."

Rosy grinste böse. „Jackson mag vielleicht denken, er hat uns alle, wo er uns haben will. Da hat er die Rechnung aber ohne den Wirt gemacht. Zwischenzeitlich, da er kein Spanisch kann, kann ich ihn beleidigen und er hat keinen Beweis, dass ich etwas Böses gesagt habe."

„Mir gefallen deine Gedankengänge, Kleine. Verdammt, wie ich euch alle vermissen werde. Du rufst mich doch hin und wieder an?"

„Das werde ich tun. Dass du mir auch ja sagst, wo du abgestiegen bist." Rosy sprang auf, ging durch den Raum und auf mich zu. Ich stand auf und sie umarmte mich, so mütterlich und tröstlich, ich konnte mich nicht erinnern, dass ich mich je so angenommen gefühlt habe. Sicher nicht von meinen eigenen Eltern, die vermutlich einen Weg gefunden hätten, mir die

Schuld für den ganzen verdammten Schlamassel in die Schuhe zu schieben…und mich dafür verhauen hätten.

„Mach ich. Es ist nicht gut, wenn ein einzelner Mensch so viel Macht über eine ganze Stadt hat."

Wenn sie gehört hatte, wie meine Stimme versagte, dann sagte sie es nicht. Sie drückte mich einfach fest und ließ mich wissen, dass sie zwar nicht für die Dummheiten, die von Roy Jackson und der Firma Ruxton Dünger ausgingen, verantwortlich war, sie diese aber auch nicht unterstützte.

„Ich wünschte, du müsstest nicht gehen", sagte sie.

„Ich auch", erwiderte ich. „Es ist eine Heidenarbeit, sich ein Leben und ein Geschäft aufzubauen und dann beides zu verlieren."

Ich verkniff mir noch immer die Tränen, als eine Gestalt in Jeans an mir vorbei flitzte.

Seufzend verließ ich Rosy und ihr buntes Wohnzimmer in die heiße Sommersonne.

Brandy saß im Truck, die Hände im Gesicht. Ich kletterte auf den Fahrersitz.

Einen Moment dachte ich daran, ihr mein Beileid auszusprechen, aber dafür hätten wir noch tagelang Zeit und ich wollte Rosy keinen Ärger machen. Ich ließ den Motor an, fuhr von der Auffahrt und dann einen Feldweg entlang, zum schäbigen Wohnwagenpark, wo ich gelebt hatte. Ich bog in eine Seitenstraße und hielt vor Ricks heruntergekommenem Wohnwagen.

Auf dem Hof schaute mich ein düsteres, kantiges Gesicht an.

Mit dem Handrücken rieb ich mir die Nase und sprang hinunter. Roscoe begrüßte mich mit fröhlichem Gebell und sprang in die Luft.

„Hallo, mein Großer", schrie ich. „Sitz!"

Gehorsam ließ sich Roscoe auf die Hinterbeine fallen, wobei ihm die Zunge seitlich aus dem Mund hing.

„Hallo, Schatz!", rief Brandy, stieg aus dem Truck, wischte sich die Augen, rannte hinüber zu Roscoe und schlang seine Arme um seinen Hals.

Er sabberte ihr ganzes Gesicht voll.

„Gefährlich und aggressiv", stotterte ich schnaubend. „Thea fällt um." Ich kroch neben den Hund meines Freundes und er leckte mir emsig über meine Hände und Arme.

„Hallo, meine Damen." Rick stieg aus seinem beschissenen Wohnwagen, eilte auf uns zu und legte einen Arm um mich, den anderen um Brandy. „Ich habe meine Familie angerufen und ihnen gesagt, sie könnten Anfang der Woche mit uns rechnen. Sie freuen sich schon darauf, euch beide zu treffen."

„Meinst du, sie mögen mich?", fragte Brandy. „Ich hatte noch… nie Großeltern."

„Sie werden dich lieben", sagte er höflich. „Mama hat besonders dich erwähnt."

Brandy schniefte.

Rick ließ mich ab und schlang beide Arme um sie. „Tut mir leid, dass dich dieser ganze Mist der Erwachsenen so mitnimmt, Kleines. Das ist ungerecht. Du solltest einen schönen Sommer haben, Fernsehen und schwimmen. Du bist eine echte Kämpferin."

Sie kuschelte ihr Gesicht in sein Hemd. Er tätschelte ihren Rücken.

„Was ist noch zu tun?", fragte er mich und schaute über ihren Kopf hinweg.

Ich zuckte. „Ich habe das Schwarzwasser und das Grauwasser abgelassen und den Benzintank gefüllt. Ich habe nicht viel einzupacken, denn es ist bereits alles im Wohnwagen, ich gehe aber zurück und helfe Thea, denn sie hat viel Kram angesammelt, und wir müssen für alles einen Platz finden. Was nimmst du mit?"

„Nur ein paar Koffer, Roscoes Napf und die Leine. Die Möbel sind Schrott und der Wohnwagen ist gemietet. Solange auf der Ladefläche des Trucks Platz für meine Harley ist, würde mir das reichen."

„Sicher. Ich habe ein paar Seile um sie geschlungen, damit sie nicht davon rollt und die Anhängerkupplung überprüft. Schon verrückt, dass wir einfach unsere sieben Sachen packen und in einem Tag einen Ort verlassen können, nachdem wir dort so viele Jahre gelebt haben."

„Das ist aber ein Segen. Sehen wir zu, dass wir verschwinden, bevor sonst noch etwas schief geht."

„Na gut. Dann lade mal ein, Schatz."

Rick tätschelte Brandys Rücken, stieg dann in seinen Wohnwagen und kehrte mit je einem großen Koffer in jeder Hand und einer Einkaufstüte unter dem Arm zurück. Er trug sie zum Truck und stopfte sie in den Fußraum des Fahrerhauses.

„Passen wir da alle rein?", fragte Brandy und umarmte Roscoe.

„Das werden wir schon sehen." Er und ließ die Heckklappe des Trucks ab. „Dafür brauche ich eure Hilfe."

„Ich versuch's", sagte ich unsicher. Sein Motorrad sah verdammt schwer aus.

Er nahm eine Rampe, die an der Hauswand lehnte, und legte sie auf die Heckklappe. Dann kletterte er darunter, die Seilwinde in der Hand.

„Was machst du dort unten?", fragte ich ihn.

„Die Rampe sichern. Sieh es dir an."

Roscoe winselte.

„Hey, Biene? Kannst du meinem Hund gut zureden? Er merkt, etwas ist anders und das macht ihn nervös."

Ich kroch unter den Chevrolet Silverado und sah zu, wie Rick das Seil an der Rampe und dem Fahrwerk des Trucks anbrachte.

„Was soll ich tun?"

Rick kletterte hervor und schob sein Motorrad auf den Truck. „Du musst schieben. Ich steuere." Dann kletterte er ins Bett, fasste hinüber und umklammerte das Lenkrad. „Direkt nach vorne schieben."

Ich war mir unsicher wegen des Gewichtes. Kaum drehten sich aber die Räder, die Rick von vorne steuerte, war es nicht mehr so schlimm. Wir schoben es ganz nach vorne auf die Laderampe, bis es nicht mehr weiterging. „Rick?"

„Ich hab's jetzt. Komm rauf."

Ich sprang ins Fahrerhaus des Trucks.

„Schiebe es vor, soweit es geht."

Es dauerte nur einen Moment, das Motorrad in Position zu bringen.

„Danke, Mama. Den Rest schaffe ich schon." Er sprang aus dem Truck, ich gleich hinterher, streifte über den Hof und sah, dass Brandy dort im Schneidersitz auf dem Gras saß. Roscoe hatte seinen großen, schwarz-braunen Kopf auf ihren Schoß gelegt und knurrte vergnügt, als sie seine Ohren kraulte.

Ich setzte mich neben Brandy und kitzelte Roscoes Brust. Auch wenn ich sie nicht direkt ansah, konnte ich hören, dass sie wieder weinte. Ich wollte etwas sagen, aber echt, was gab es zu sagen? Es war Mist, das wussten wir alle. Ich legte meine freie Hand auf ihren Rücken und rieb mit kleinen kreisenden Bewegungen.

„Ich bin fertig", sagte Rick und seine Turnschuhe knirschten auf dem Dreck in der Auffahrt. „Hinein mit dir, Prinzessin. Verschwinden wir von hier."

Er machte Roscoes Kette los und führte den Hund zum Truck. Dann führte er ihn mitten auf den Boden, hob dann Brandy hoch und sie und der Hund teilten sich den Fußraum in der Mitte der Sitzbank. Rick zwang sich auf die Beifahrerseite und als ich die Fahrertür schloss, hatte er es sich fast schon gemütlich gemacht.

„Es wäre schöner, wenn wir die Taschen in den Wohnwagen packen könnten", sagte er und schloss den Sicherheitsgurt. An den Seiten gibt es viel Platz aber meine Füße bringe ich nirgends unter."

„Diese Fahrt wird eine einzige Tortur werden", meinte ich.

„Ja, umziehen ist beschissen", rief Brandy.

„Da hast du recht, Kleines."

Roscoe legte seinen Kopf auf Brandys Schoß und winselte. Sie tätschelte seinen Kopf. „Wir sind alle bei dir, Kumpel. Es geht dir gut."

„Kleines, du solltest Tierärztin werden, wenn du groß bist", schlug Rick vor, während ich von der Auffahrt fuhr. Wir ließen für immer das zu Hause zurück, wo er ein paar Jahre gelebt hatte.

In den nächsten 24 Stunden sollten noch viele solcher letzten Entscheidungen kommen.

„Wird dir deine Arbeit fehlen?", fragte Brandy.

„Nicht sehr", antwortete ich. „Woanders bekomme ich früher oder später eine ähnliche Arbeit. Die Jungs waren in Ordnung, ich werde ihnen aber mehr fehlen als sie mir. Ihr beide seid meine Familie."

Mit beiden Händen am Lenkrad sowie einem Kind und einem Hund zwischen uns, konnte ich Ricks Schulter nicht drücken, wollte es aber. Vom einfachen Liebhaber wurde er in Windeseile zu meinem Traumpartner. *Nein, Dussel. Es hatte keine Eile. Er hat abgewartet, darauf gewartet, dass du sagst, du liebst ihn… so sehr wie er dich.*

Ich fuhr auf das Grundstück meiner Schwester und parkte den Truck, bereit mit Sack und Pack aus der Stadt zu verschwinden.

Wir sprangen aus dem Fahrerhaus und Rick band Roscoe an einem Baum neben dem Haus an. Er holte die Tasche heraus, aus der er einen Napf nahm, den er mit dem Schlauch aus Theas Garten füllte.

„Ich gehe schon rein", sagte er zu den beiden. „Ich wette, Thea braucht beim Packen Hilfe, also wollt ihr beide euch vielleicht eine Weile im Wohnwagen ausruhen."

„Oh, lass mich helfen!", bat Brandy. „Ich kann auf die Kinder aufpassen."

Ich schaute Rick in die Augen.

„Oder wir könnten mit Roscoe unten am Weiher spazieren gehen", schlug er vor. „Er wird eine Weile eingesperrt und verängstigt sein, also tut es ihm vielleicht gut, wenn er schwimmt."

„Na gut." Brandy hüpfte zum Baum hinüber und tätschelte

Roscoe. „Komm schon, Hündchen. Lass uns etwas Spaß haben. Mama, kann ich meine Füße ins Wasser strecken?"

„Natürlich, Biene. Stülpe nur deine Hose nach oben, dass sie nicht nass wird. Vor morgen haben wir keine gute Möglichkeit, sie zu trocknen." Ich schaute Rick wieder in die Augen und formte mit den Lippen ein *Danke.*

Er blinzelte mir zu.

Ich seufzte, hopste die Stufen zur Hintertür des Hauses hinauf und betrat das ausgedehnte Chaos.

KAPITEL 5

DER TRUCK FUHR die Autobahn entlang. So sehr wir uns auch bemühten, bis zum Vormittag konnten wir nicht aufbrechen und kamen deshalb in die mittägliche Rushhour von St. Louis. Jetzt ging es an Städtchen im Hinterland des Westens von Missouri vorbei und ich bezweifelte, dass wir die Grenze zu Kansas bis zum Einbruch der Dunkelheit erreichen würden.

Da ich Rick nun eine Runde meinen Truck fahren ließ, lehnte ich an der Tür auf meinem Platz auf der Beifahrerseite und betrachtete das Fahrerhaus. Da Rick und ich uns den Fahrersitz teilten, waren Brandy und Mikey mit demselben Sicherheitsgurt angeschnallt und beugten sich gerade über ein Bilderbuch. Roscoe rollte sich auf dem Boden zusammen und hatte den Kopf auf mein Knie gelegt. Ich rieb seine Ohren und er sabberte auf mein Bein. Es war eng, aber das packten wir.

„Was denkst du, wie weit kommen wir heute noch?", fragte ich Rick leise, holte eine Karte aus der Tasche zu Füßen der Kinder und betrachtete beäugte Missouri.

„Nicht so weit, wie ich gehofft hatte… aber etwa so weit, wie ich erwartet hatte. Kinder. Hunde. Sprit. Alles braucht seine Zeit. Wenn wir da sind, sind wir da."

„Ende!", rief Brandy und wedelte mit den Armen.

Der kleine Mikey reagierte nicht. Stattdessen legte sich sein Kopf schwer auf meinen Arm.

„Gut" sagte ich leise. „Er brauchte eh einen Mittagsschlaf. Danke, dass du ihm vorgelesen hast, Biene."

Müde lehnte sie sich an Rick. „Mama?"

„Ja, Biene?"

„Darf ich dich etwas fragen?"

Ich schwieg.

„Ähm, wenn wir in Denver sind, können dann bitte du und Rick heiraten?"

Ich zuckte und musste prusten. Der Truck bremste ab.

Hinter uns hupte ein Sattelschlepper, und wir beschleunigten wieder.

Mikey rührte sich. „Schhhhhhh", murmelte ich und streichelte sein langes, blondes Haar, um ihn zu beruhigen.

Es klappte.

„Hat meine Schwester dir gesagt, du sollst das fragen?", murmelte ich Brandy leise aber ernst zu.

„Nein… nun, sie hat es erwähnt, aber das ist nicht der Grund."

„Na gut, Biene. Was ist? Du hast noch nie übers Heiraten gesprochen."

„Ich war auch niemals irgendwo die Neue. Es war schwer, das Kind ohne Vater zu sein, und alle anderen mich so schon kannten. Wenn Ich jetzt an einer neuen Schule anfangen muss, wäre es nett, über meine *Eltern* sprechen zu können, nicht nur über meine allein erziehende Mutter und ihren Freund, mit dem wir leben. Weniger neugierige Fragen, weißt du?"

Ricky räusperte sich. „Bist du sicher, dass du mich als deinen Vater haben willst?" Seine Stimme klang rau.

„Ja."

Im Fahrerhaus war es einen Moment ganz still, nur Mikeys Schnarchen und Roscoes gelegentliches Winseln hörte man. Die Räder rollten über die Autobahn und brachten uns unserem nächsten Lebensabschnitt näher.

Rick meinte schließlich: „Nun, Biene. Dagegen hätte ich nichts einzuwenden, möchte aber niemals, dass deine Mutter bedrückt oder unglücklich ist. Ich schätze, sie und ich werden dies besprechen. In Ordnung?"

Brandy nickte. Sie lehnte sich gegen den Sitz und schloss die Augen.

Rick seufzte laut.

„Ricky?"

„Reden wir später, Janet. Unter vier Augen."

Ich nickte.

„Wie lange fahren wir heute noch?" fragte Brandy.

„Ist das die Erwachsenenversion von ‚Sind wir schon da'?", spottete ich.

Sie lächelte, hatte aber einen traurigen Blick. Sie hatte echt viel in diese Situation investiert.

Mist.

„Ähm, ich schätze, wir fahren weiter, bis jemand muss. Entweder du, Mikey oder der Hund. Wenn wir Glück haben, dauert das entweder bis wir tanken müssen oder bis zum Mittagessen. Dann, glaube ich, müssen wir noch etwas weiter fahren?"

Ich schaute Rick wieder an.

„Ob wir heute Nacht weiterfahren, hängt von vielen Faktoren ab, einschließlich wie erschöpft wir alle sind. Es durchziehen klappt nur, wenn niemand schreit. Hast du noch mehr Bücher in dieser Schultasche? Es macht mir nichts aus, wenn du mir eine Weile vorliest."

Diesmal sah Brandys Grinsen authentischer aus.

ICH STAND an der kleinen Küchenspüle in meinem Wohnwagen, wo ich Suppenschüsseln und Tabletts abwusch.

„Sollen wir heute Nacht weiter?", schlug Thea vor.

Rick schaute vom Tisch auf wo er mit Brandy und Mikey Karten spielte.

„Ich will nicht mehr fahren", wimmerte Mikey. „Ich *mag* Fahren nicht."

Thea sagte: „Mikey, wenn wir weiterfahren, sind wir früher in Denver. Dann müssen wir nicht mehr fahren. Denk mal, wie viel besser das wäre."

Mikeys Lippe zitterte. Der Mund blieb ihm offen stehen, er schrie und warf dann all seine Spielkarten auf den Tisch.

„Mikey!", schrie Thea, wollte aufstehen, aber von ihrem Platz am Bett aus, wo sie Emily fütterte, brachte sie das nicht fertig.

Stattdessen legte Rick seine große Hand auf Mikeys Schulter.

Der Junge wimmerte und schaute auf.

„Reisen ist anstrengend, nicht, Kumpel?"

Mikey nickte. „Ich mag das nicht."

„Das mag keiner von uns", sagte ich zu ihm. „Uns bleibt nichts Anderes übrig. Wir müssen es tun."

Er legte seinen Kopf auf den Tisch.

„Ich schätze, wir sind so weit gefahren, wie wir heute konnten", sagte Thea zaghaft.

„Ich habe erwartet, dass es so kommt", antwortete Rick. „Mit Kindern geht es immer langsamer."

Thea verdrehte die Augen. Auch sie schien den Tränen nahe zu sein.

„Wo sind wir?", fragte ich Rick. „Gibt es in der Nähe irgendwelche Städte?"

„Nicht wirklich", antwortete er. „Diese Gegend nennt sich Marhall Junction, denn sie befindet sich an der Kreuzung zu einer Stadt namens Marshall, in diese Richtung fahren wir aber nicht. Die nächste Stadt ist Kansas City, etwa zwei Stunden die Straße runter."

„Uff", stöhnte Thea. „Dann sind wir direkt zur Hauptverkehrszeit dort, oder nicht?"

„Vielleicht", antwortete ich. „Wenn wir Pech mit der Zeit haben. Wir werden entweder früh aufstehen und versuchen müssen, dem Verkehr zu entkommen, oder wir warten und durchqueren Kansas City gegen Vormittag."

„Wir werden niemals irgendwohin kommen", stotterte sie. „Also was jetzt? Hängen wir für den Rest der Nacht hier am Wegrand herum… mit den Fernfahrern?"

„Ich meine, ja", antwortete Rick. „Was sonst? An diesem Ort kann man die Nacht über parken. Wir haben, Essen, Getränke, ein Bett. Sogar eine Toilette."

Sie nickte.

„Um es sich gemütlich zu machen ist es noch etwas zu früh, aber gehen wir sicher, dass wir alles vorbereitet haben, ehe es zu dunkel ist. Und dann sollen die Kinder hinter der Toilette mit Roscoe Gassi gehen, damit sie müde werden", schlug ich vor. „Ich möchte die Batterien nicht für zu viel Licht verschwenden, also schlage ich vor, wir gehen bald schlafen.

„Guter Plan", stimmte Thea zu. „Ich bin fix und fertig."

„Wo sollen wir alle schlafen?", fragte Rick und schaute sich mit verwirrtem Gesicht die spärliche Einrichtung des Wohnwagens an.

„Oh, Mist", sagte ich, wrang den Lappen aus und hängte ihn über den Rand der Spüle. „Wir haben nicht genug Schlafplätze für alle. Warum haben wir nicht eher daran gedacht?"

„Weil wir so überstürzt abgereist sind", meinte Rick.

„Fluche nicht vor den Kindern, Janet", sagte Thea förmlich, knöpfte sich die Bluse zu und nahm Emily auf die Schulter, dass sie aufstehen konnte. „Ich bezweifle, das noch ein paar Tage mehr einen Unterschied gemacht hätten, Ricardo. Der Wohnwagen wurde nicht größer."

„Bitte, nenne mich Rick." Seine sexy Stimme klang gereizt, kein Wunder. Unerlaubte Namen sind nervig.

„Da dieser Wohnwagen *mein* Zuhause ist, Thea, fluche ich, wann ich will, das löst aber alles nicht das Problem. Da wären wir, drei Erwachsene und drei Kinder in einem Wagen mit Schlafplätzen für drei oder höchstens vier. Zwei Betten, beide ziemlich klein, darüber hinaus wenig Platz im Gang, wenn das

Tischbett aufgeklappt ist, und erst recht, wenn die Koffer und das Spielzeug in den Ecken stehen."

„Was ist mit dem Truck?" schlug Thea vor. „Rick könnte auf dem Sitz schlafen und der Rest von uns sollte sich hier hineinzwängen können."

Ich hob die Augenbraue. „Mein Freund wird nicht rausgeschmissen, Thea. Warum schläfst du nicht im Truck?"

„Wer würde sich nachts um Emily kümmern?", erwiderte sie und tätschelte ihre Tochter auf den Po. „Wollt ihr beide ihre Windeln wechseln, wenn sie aufwacht?"

„Das ist für mich nicht gerade neu, wie du weißt. Ich habe schon früher viele Windeln gewechselt, auch die von Emily. Möchtest du nicht eine Pause einlegen?"

Sie schüttelte den Kopf. „Mir ist nicht wohl bei dem Gedanken, meine Kinder über Nacht mit euch beiden allein zu lassen."

Ich öffnete den Mund. Dann schloss ich ihn wieder. Ich öffnete ihn wieder. Dann merkte ich, dass ich wie ein Karpfen aussah und schloss ihn. Theas und mein Blick trafen sich und sie schaute gleichgültig. Zu gleichgültig. Ein Blick zu Rick verriet, er sah so verstört aus, wie ich mich fühlte... und weit mehr verletzt.

„Die einzige Lösung, die mir einfällt, ist es, die Harley von der Ladefläche des Trucks zu schieben, dann können Janet und ich dort schlafen. Du und Emily können das größere Bett haben und Brandy und Mikey das kleinere."

„Dann lässt du mich mit all den Kindern allein?", fragte Thea bestürzt.

„Das ist die einzige Möglichkeit, die du uns gelassen hast, Schwesterherz", antwortete ich in sanftem Ton, was aber wohl seine Wirkung verfehlte.

„Ich verstehe nicht, warum ihr beide so unbedingt zusammen schlafen wollt, dass ihr dazu bereit seid, es allen anderen unbequem zu machen."

Ich verdrehte die Augen. „Dir, Thea. Dir allein. Den Kindern ist es egal. Ob es dir gefällt oder nicht, Rick und ich sind ein Paar. Diese Entscheidung ist unsere Sache und geht dich nichts an. Wir haben deine prüde Art lange genug toleriert, du hast also die Wahl. Ob Rick und ich im Truck schlafen und du mit dem Bett und den Kindern hier bleibst. Oder ob wir mit den Kindern hier bleiben und du im Truck schläfst. Das sind die einzigen zwei Optionen."

Keifend schloss sie den Mund, wurde rot im Gesicht und verließ wortlos den Wohnwagen.

Roscoe stieß ein nervöses Winseln aus und schaute zur Tür.

„Na kommt, Kinder. Schnappen wir etwas frische Luft", schlug Rick vor. Er nahm Roscoes Leine von einem Haken neben der Tür, legte sie ihm um den Hals und führte ihn die Stufe hinunter auf den Bürgersteig.

Die Raststätte am Wegrand war zum Glück riesig, viele Fahrzeuge parkten vor einem großen Gebäude mit Bädern und Automaten, dahinter war ein großer, leerer Platz voller Picknicktische. Bäume, die dicht an dicht standen, machten die Gegend liebreizend, schattig und kühl.

Ich folgte den Kindern auf die Freifläche, lehnte mich gegen einen Baum und schaute zu, wie Mikey Brandy und Roscoe Mikey hinterher jagte.

Wenn nur Thea nicht auch noch hier wäre.

Ich runzelte die Stirn. Es war sonst nicht meine Art, unfreundlich zu sein.

Aber bei ihr läuft es gerade echt gut. Es ist, als hätte … bei allem, was bei ihr passiert ist, ihre natürliche Herrschsucht eine erstaunliche Stufe erreicht. Sie versucht, Rick und mich herumzukommandieren, als hätte sie Autorität über uns.

Ich wünschte mir nicht zum ersten Mal, dass ich eine Methode hätte, meine Schwester gar nicht mehr zu sehen. Wir wären so gut miteinander ausgekommen, wenn sie nur ihre Klappe gehalten und nicht denselben Mist immer und *immer* wieder aufgewärmt hätte, als hätte das etwas geändert. *Als ob sie unsere Zustimmung aus uns raus nörgeln könnte.*

Rick setzte sich neben mich und legte mir den Arm um die Schulter.

„Ist es eine gute Idee, Roscoe frei herum rennen zu lassen?", fragte ich. „Hier fahren viele Autos herum".

Er zeigte schweigend hinüber, wo Brandy die Leine geschnappt hatte und sich vom Hund ziehen ließ. Sie strauchelte auf dem unebenen Boden.

„Janet?"

Ich wandte mich von dem jugendlichen Übermut ab, um meinem Freund ins Gesicht zu schauen. Er schaute besorgt.

„Ja, Schatz?"

„Kannst du bitte zu deiner Schwester sagen, sie soll sich um ihre Angelegenheiten kümmern?"

Ich seufzte. „Das habe ich, Ricky. Oft. Sie ist überzeugt, sie liegt richtig und ist rechtschaffen und denkt nur an die Kinder. Ich weiß nicht, was ich jetzt gerade mit ihr anfangen soll."

Er schloss die Augen. „Es könnte… wichtig sein, Abstand von ihr zu gewinnen, du weißt, wenn diese Fahrt vorbei ist."

„Natürlich", stimmte ich zu. „Ich hatte alle Zweisamkeit, die ich ertragen kann. Ich wollte ihr helfen, aber… ich weiß nicht, ob ich überhaupt eine Hilfe bin."

„Nö. Sie nutzt dich aus und du lässt es zu. Du lässt zu, dass sie dich und mich respektlos behandelt und Biene zwingt, die Ersatzmutter für ihr Kind zu spielen. Ich meine, man kann helfen, Janet, und man kann verhätscheln. Bei dir ist es gerade irgendwo dazwischen."

Ich runzelte die Stirn. „Was soll ich deiner Meinung nach dagegen tun? Ich habe ihr gesagt, was ich von ihr brauche, und sie bügelt es alles einfach ab."

„Ja, habe ich gemerkt. Mir ist auch aufgefallen, dass es dir schwer fällt, ihr einfach zu widersprechen, anstatt zu diskutieren oder einen Kompromiss einzugehen, selbst wenn sie sich lächerlich macht."

Ich nickte. „Du hast recht. Das ist hart. Ich meine, sie ist meine Schwester. Als wir noch klein waren und uns unsere

Eltern schlugen, habe ich immer die Schuld auf mich genommen, um sie zu beschützen. Nach dem Studium zog sie nach Beulah, um von ihnen weg zu kommen und in meiner Nähe zu sein, dass ich ihr helfen konnte, anzukommen und jetzt... hat sie die Hölle durchgemacht. Sie ist allein mit den Kindern, pleite und..."

Er fragte herausfordernd: „Und wo war sie, als du die Hölle durchgemacht hast, allein, mit einem Kind und pleite? Ich erinnere mich gehört zu haben, dass du jahrelang auf einer Decke geschlafen hast, auf dem Boden deiner Bar, mit Brandy neben dir, bis du dir einen Wohnwagen leisten konntest... und meine Nachbarin wurdest. Hat Thea dir in dieser Zeit umgekehrt geholfen?"

Ich schloss die Augen und die schmerzlichen Erinnerungen kehrten zurück. „Sie war nicht da. Sie war... auf der Highschool, als ich ging. danach auf der Sekretariatsschule. Sie hat etwas beim Babysitten geholfen als sie in die Stadt zog, dann aber Mike getroffen und geheiratet, und das recht schnell. Ein paar Jahre später hatte sie Mikey und sie war zu beschäftigt."

„Also hat sie einfach ihr Leben gelebt, während du gelitten hast. Während Brandy gelitten hat."

„Mag sein, ich habe aber nie aufgehört, mich schuldig zu fühlen, dass ich sie bei meinen Eltern gelassen habe. Du kannst dir nicht vorstellen, wie gewalttätig sie sein konnten. Nachdem ich sie nicht mehr beschützen konnte, wurde sie sicher oft geschlagen. Es überrascht mich, dass sie das Studium gepackt hat. Ich habe nicht einmal die Highschool gepackt."

Er hob die Augenbraue. „Hast du nicht einmal gesagt, du hättest gute Noten gehabt?"

„Ich meine, ja. Ziemlich gut, das ist aber egal, wenn man aus dem Haus geworfen wird."

„Weil du schwanger warst?"

Ich nickte. „Manchmal, wenn man den Schmerz mit Alkohol, Gras und Pillen betäubt, wenn man mit Freunden feiert, hat das... unerwartete Folgen. Ich... ähm... ich weiß eigentlich gar nicht, wer Brandys Vater ist, und selbst wenn ich es wüsste, er würde wohl kaum helfen. Meine Eltern waren… von alledem ganz und gar nicht begeistert. Also haben sie mir gesagt, ich soll verschwinden, weil ich sonst meine kleine Schwester verderbe."

Er drückte meine Schultern. „Und doch, ohne ein einziges Familienmitglied, das dich unterstützte, hast du die Elternschaft wie ein Profi gemeistert."

Und wie ein Profi ging er mit dieser Info, die ich nie teilen wollte, um. Ich antwortete nicht, sondern zog ihn nur zu mir und küsste ihn. Scheinbar konnte gab es nichts, das ich ihm erzählen konnte, das ihn verschreckte.

Er betrachtete mich sehr lange. „Sieh mal, ich sage nicht, du sollst nicht helfen. Du bist ein großzügiger Mensch, Janet, du hast aber so viel durchgemacht und endlich läuft bei dir alles. Gib das nicht alles für Thea auf, dass sie sich ihrem Leben nicht stellen muss. Hier gibt es etwas für sie zu lernen und wenn du ihr das nimmst, hat sie diese Chance nicht. Und… und am Ende verlierst du vielleicht mehr als du gewonnen hast."

Er biss sich auf die Lippe.

Ich schloss die Augen. „Ist das ein Ultimatum, Rick? Ich soll meiner Schwester den Mund stopfen, sonst verlässt du mich?"

„Gott, ich hoffe nicht", antwortete er ernst. „Ich möchte nicht, dass es eines ist, aber … ich möchte *unsere* Beziehung aufbauen, Janet, und nicht die zweite Geige spielen neben einer eifersüchtigen Schrulle, die nicht weiß, wann sie die Klappe zu halten hat."

Ich wollte widersprechen, sagen, dass das ungerecht von ihm war, konnte es aber nicht. Thea war schon immer etwas kratzbürstig gewesen, besonders mir gegenüber, aber im letzten Jahr war sie unmöglich geworden. Wenn sie Rick vergrämte, gerade als wir beschlossen hatten, einen Schritt weiterzugehen, was bliebe mir dann?

Aber wie konnte ich sie aufhalten? Sie konnte mich nicht dazu zwingen, ihren Befehlen zu gehorchen, aber ich konnte ihr auch nicht den Mund verbieten.

Ich atmete tief ein und fuhr mit der Hand über die Stoppeln auf Ricks Wange. „Ich liebe dich, Rick", sagte ich feierlich zu ihm und zum ersten Mal platzte es nicht aus mir heraus, wenn mich die Leidenschaft überkam. „Du bedeutest mir alles und für nichts auf der Welt würde ich dich eintauschen."

„Aber?"

Ich atmete durch. „Aber ich weiß nicht, wie ich sie dazu bringen kann, die Klappe zu halten. Wenn ich sage, dass es nichts bedeutet, lässt sie mich einfach links liegen. Solange wir auf dieser Fahrt alle zusammen sind, stecken wir fest. Du verlangst doch nicht von mir, dass ich sie und ihre Kinder am Straßenrand absetze, oder?"

„Natürlich nicht."

„Ich schätze, dann müssen wir ihre grobe Art ertragen, bis wir in Denver sind. Anschließend legen wir eine Pause ein. Ich werde verlangen, dass sie sich selbst eine Wohnung mietet. Die Lebensversicherung dürfte dafür ausreichen. Der Wohnwagen ist eh zu klein für mehr Leute als uns drei.

„Nur unsere Familie", hat er gesagt.

Ich nickte.

Er beugte sich runter und küsste mich, mit gierigen Lippen und entschlossen, mich daran zu erinnern, wie viel ich zu verlieren hatte.

Ich schnappte nach Luft als er mich losließ. „Oh, und Janet?"

„Ja, Schatz?", keuchte ich.

„Es kotzt mich echt an, dass sie Biene benutzt, um für sie die Drecksarbeit zu machen. Das war so daneben. Nun könntest du denken, falls ich dir einen Heiratsantrag mache, ich tue das nur, weil Biene einen Vater will, und du könntest daran zweifeln, ob es das ist, was ich wirklich will."

Ich blinzelte mehrmals. „Wann?"

Er nickte. „Wenn die Zeit günstig ist, Janet, aber schon sehr bald. Schwebt dir eine Antwort vor?"

Ich schluckte und nickte. „Ähm, Ricky?"

„Ja, Mama?"

Mir gingen unzählige Gedanken durch den Kopf, die ich nicht ordnen konnte. Schließlich zog ich ihn einfach nur her und küsste ihn nochmals.

„Wir sind hier in der Öffentlichkeit", drang eine wütende Stimme in unsere Zweisamkeit.

„Schluss jetzt", murmelte ich, ließ von Ricks Lippen ab und lehnte meinen Kopf an seine Schulter.

„Aber…"

Ich sagte mit strenger Stimme: „Thea, jetzt gerade gibt es nichts, das du sagen könntest, was ich hören will. Halt. Deinen. Mund."

Sie presste ihre Lippen zusammen.

Rick meinte: „Da wir aus dem Truck geworfen wurden, lass uns versuchen, etwas halbwegs Gemütliches zu finden, ehe die Nacht hereinbricht." Er pfiff, Roscoe hörte auf, umherzurennen und näherte sich folgsam.

„Was müssen wir machen?", fragte ich als wir fort gingen und Thea zurück ließen, die mit Emily im Schatten eines großen Baumes kuschelte, während Brandy und Mikey auf der Freifläche tollten, bis ihre Kleider zerrissen waren.

„Zunächst entladen wir die Harley und suchen einen sicheren Ort, wo wir sie anbinden können. Dann müssen wir noch das Bett im Truck polstern. Ich schätze, wir müssen Roscoe mitnehmen."

„Daran zweifle ich keine Sekunde."

Ich rutschte auf dem Stapel Decken auf der Pritsche des Pickups hin und her. Sie taugten nicht dazu, den Rücken zu polstern. Ich hatte vorher nie in Erwägung gezogen, sie als Matratze zu benutzen… und würde es auch nie wieder tun.

„Geht es dir gut?" fragte Rick.

„Ich fühle mich unwohl", beschwerte ich mich. „Kannst du das mit Thea fassen? Dass sie unser Bett mit nur einem kleinen Baby teilt und sich dennoch beschwert?"

„Mama, ich glaube, deine Schwester sucht nach Ausreden, um sich zu beschweren."

„Ich weiß", seufzte ich.

„Aber komm hierher", drängte er mich. „Komm, lass uns kuscheln."

Der erste gute Vorschlag heute. Auch wenn die Vertiefungen und Dellen im Bett des Trucks sich doch unangenehm in meinen Körper gruben, so gab doch wenigstens Ricks Schulter ein anständiges Kissen ab.

Er breitete eine Decke über uns.

„Die ist schön warm, nicht? Ooooh."

Unter der Decke wanderten seine Finger unter mein Nachthemd und in mein Höschen. Seine Finger wurden feucht. Ich summte leise, während er anfing, meine empfindlichen Stellen gekonnt zu massieren.

„Willst du das?", fragte er. „Du fühlst dich auch nicht zu freizügig?"

„Das sieht niemand", flüsterte ich. „Ich werde leise sein."

„Wenn ich es zulasse", spottete er.

Ich zog ihn näher zu mir, küsste ihn auf die Lippen, während er mich erregte. Mich in Fahrt brachte.

Mit einer Hand fasste ich seinen Hinterkopf und hielt ihn ganz fest, dann öffnete ich den Knopf seiner Hose und schob meine andere Hand hinein. Ich hatte zwar nicht viel Platz, konnte aber meine Finger um seinen Penis legen und drückte leicht zu.

Er stöhnte leise: „Das wird so gut."

„Oh, ja, Ricky", keuchte ich. „So gut."

„Mama?"

Ein lautes Gebell von Roscoe, der an der Anhängerkupplung angebunden war, schreckte mich auf, als ich den Schrei hörte.

Ich schaute schnell auf, löste mich aus Ricks Umarmung und sah, wie Randy auftauchte, in der einen Hand ein Kissen, in der anderen eine Decke.

„Was machst du hier, Biene?". fragte ich. „Ich habe gedacht, du schläfst schon."

„Tantchen Thea sagte, ich soll hier draußen bei euch schlafen."

Rick fauchte:

„Mein Gott." Ich kroch unter der Decke hervor und sprang vom Truck, ohne mir die Zeit zu nehmen, meine Schuhe anzuziehen. „Komm schon, Liebling." Ich legte eine Hand auf Brandys Schulter und ging mit ihr zur Tür des Wagens, dann ins Innere. „Zurück ins Bett. Thea, kannst du bitte herkommen?"

Ich trat auf das Gras, direkt auf ein paar Stacheln. Ich hüpfte und fluchte noch immer und zog sie aus meinem Fuß, als meine Schwester kam. Ihre Augen blitzten im Dunkeln.

„Was machst du, zum Teufel?", zischte ich.

„Was meinst du?", fragte sie. „Willst du keine Zeit mit deiner Tochter verbringen? Du bringst sie mir so oft…"

„Hör auf!", keifte ich. „Das tue ich nicht. Wir haben uns bis vor kurzem immer geholfen. Sieh dir mein Kind an, das groß und hilfsbereit ist, seine Cousins liebt und das mehr als jedes 9-jährige Kind tut, um sie glücklich zu machen. Ich sehe deine beiden an und die sind jünger, wilder und anstrengender. Du hast den ganzen verdammten Wohnwagen für dich und ein paar schlafende Kinder allein und schickst dennoch Brandy weg. Was soll *das*?"

Ich ließ sie nicht weiterreden, sondern eilte einfach weiter. „Weißt du was, Thea? Ich glaube langsam, dass du gerade nicht versuchst, deine Vorstellung von anständigem Benehmen deinen Kindern vorzuleben. Ich glaube, du versuchst, Rick zu vergrämen. Bist du eifersüchtig, dass ich einen Mann habe und du nicht?"

„Eifersüchtig auf dich und *Rick*? Ha! Wenn er deine *Familie* ist, dann solltet ihr drei zusammenhalten."

„Nein. Hör auf. Du hast gerade versucht, mein Kind aus ihrem zu Hause zu vertreiben." Ich schüttelte den Kopf. „Du setzt ihr Flausen in den Kopf, die sind eine solch große Last, die kann sie nicht tragen. Macht so etwas eine Schwester? Ich verstehe, dass du damit nicht einverstanden bist. Das verstehe ich. Völlig. Du hast des Öfteren deinen Standpunkt klar gemacht. Ich stimme dir nicht zu und ich bin erwachsen. Ich antworte dir nicht. Momentan sind du und deine Kinder unserem Wohlwollen ausgesetzt und du zeigst nicht einmal den kleinsten Funken Respekt. Du bist in meinem Haus zu Gast und wirst *nichts* kritisieren, missbilligen oder verfluchen, was ich tue. Du schickst meinem Kind weder Nachrichten, noch änderst du die Schlafenszeiten oder versuchst, einen Keil zwischen uns zu treiben. Hast du das verstanden?"

„Sehr gut!" Thea plusterte sich auf wie eine wütende Henne.

„Nein. Kein Drama. Kein Aufplustern und Schelte. Du missbrauchst meine Gastfreundschaft und das muss aufhören. Hast du das verstanden?"

Sie lachte bitter. „Was würdest du tun, Janet? Was könntest du tun?"

Ich schüttelte den Kopf. „Fordere es nicht heraus. Benimm dich einfach wie ein anständiger Mensch, Thea."

„Das werde ich, wenn du es tust", erwiderte sie.

„Ruhe!", schrie eine kratzige Männerstimme aus Richtung der Sattelschlepper.

„Thea…"

Sie war weg. Unter ihren Hausschuhen klapperte die Treppe kaum. Ich hörte nur die Wohnwagentür klicken.

Wütend kroch ich in den Pickup zurück und ins Bett. Wütende Seufzer blieben mir im Hals stecken.

„Sch", drängte Rick und tätschelte meinen Rücken. „Das machst du gut, Janet. Du bist stark. Du kannst sie nicht dazu bringen, dass sie sich benimmt."

„Was *will* sie denn?", flüsterte ich. „Warum lässt sie uns nicht einfach in Ruhe? Wir machen so viel für sie und sie wird nur wütender und aggressiver."

„Mein Bruder ist mit einem Mädchen wie Thea gegangen", sagte er nachdenklich. „Je mehr er für sie tat, desto mehr hat sie gefordert. Er konnte ihre Bedürfnisse nie befriedigen. Ich weiß, Thea hat guten Grund, gerade bedürftig zu sein, sie nutzt das aber aus. Eine liebende Schwester wie du ist ein leichtes Ziel."

Ich schmiegte mein Gesicht in seine krausen, lockigen Brusthaare und atmete den Duft von Rasierwasser, Motorenöl und auch den einzigartigen Geruch von Ricks Haut ein. „Danke für deine Geduld. Ich hasse den Gedanken, aber ich glaube nicht, dass der Ärger, den sie uns machen will, bereits vorbei ist. Sind wir erst in Denver, wird sie sich eine andere Bleibe suchen müssen und vielleicht auch eine andere Arbeit. Nach dem ganzen Mist kann ich den Gedanken nicht ertragen, mit ihr zusammenzuarbeiten."

„Natürlich nicht", antwortete Rick und streichelte mit der

Hand meinen Rücken. „Das Angebot galt hauptsächlich dir, uns. Wenn wir sagen, dass Thea etwas Anderes hat, aber du auch weißt, wie man ein Geschäft führt, dann wird alles gut."

Ich nickte, hatte aber ein ungutes Gefühl im Bauch, wenn ich daran dachte, *diese* Unterhaltung zu führen. „Und deine Eltern und Schwestern, werden sie auch versuchen, mir in den Rücken zu fallen?"

Er gab zu: „Vielleicht schon, aber ich glaube nicht, dass du das zulässt. Mit unserer Familie sollen sie nach unseren Bedingungen zurechtkommen, sonst können sie gehen."

Ich lächelte. Ganz schwach und mit Tränen in den Augen.

Rick legte seinen Arm um mich, ich ließ mich gehen und schniefte, als der Stress und die Anspannung von mir wichen. Meine Lider wurden schwer.

ICH WACHTE AUF, weil Roscoe knurrte. Das Seil, mit dem sein Halsband an die Anhängerkupplung gebunden war, zischte, als er auf die Seite gegenüber vom Parkplatzes ging.

Ich hörte leise Schritte im Gras.

Eine Stimme keuchte etwas Unhörbares.

Eine zweite Stimme antwortete.

Plötzlich fühlte ich mich angreifbar, obwohl ich wusste, Rick und Roscoe würden nicht zulassen, dass mir etwas geschieht.

Etwas klirrte neben dem Wohnwagen. Es klang metallisch.

Roscoe bellte warnend.

„Wer ist da?", schrie ich kaum hörbar.

Die Schritte verhallten in der Ferne.

Ich schmiegte mich wieder an Ricks Schulter, schlief aber nicht mehr.

KAPITEL 7

„Hey, Mama." Rick setzte sich hin, und die Decken fielen von seiner Brust auf den Boden. Mit dem Handrücken rieb er sich das Auge. „Eine lange Nacht gehabt?"

Ich nickte. „Denkst du, es ist zu früh, um aufzubrechen?"

„Wie spät ist es?" Er schaute auf die Uhr und wieder zu mir. „Viertel nach Sechs morgens."

Ich nickte. „Ich bin nicht sicher, ob es hier sicher ist. Außerdem können wir vor der Hauptverkehrszeit in Kansas City sein, wenn wir uns beeilen. Damit dürften alle glücklich sein."

Rick stieß ein langes Gähnen aus und sein Kiefer knackte. „Ich denke schon", sagte er. „Ich sag dir was. Geh in den Wagen und sorge dafür, dass jeder gut angeschnallt ist, dass keiner umfällt, wenn wir über einen Hubbel fahren. Wenn du mir eine Pepsi bringen könntest, das wäre nett. Ich gehe mit Roscoe Gassi, dann stecke ich ihn wieder in den Truck. Dann können wir die Harley aufladen und uns auf den Weg machen."

„Pepsi am frühen Morgen?"

„Ich bin sehr müde, Schatz. Ich möchte nicht am Steuer einschlafen."

„Dann fahre ich eine Weile", schlug ich vor. „Ich bin hellwach."

„Abgemacht."

Ich hopste nach vorne und wurde das Gefühl nicht los, dass jemand in der Nähe lauerte. Zitternd wollte ich die Tür des Wohnwagens öffnen, die aber verschlossen war. *Aha, sehr schlau.* Ich musste zum Truck zurück, die Schlüssel aus meiner Jeans holen, die auf einem Haufen in der Ecke eines behelfsmäßigen Betts lag.

Weit weg brach ein Ast. Roscoe bellte zweifelnd. Als Antwort kam ein wütendes Gebell.

Ich beruhigte mich, belustigt, dass mich ein kleiner Hund erschreckt hatte. Dann zog ich meine Jeans an. Ja, mit meinem Nachthemd, dass über der Jeans hing, sah ich seltsam aus. Aber alle meine Klamotten waren im Wohnwagen. Ich schlüpfte in meine Turnschuhe, weil mir die Stacheln von letzter Nacht wieder einfielen, dann ging ich wieder zum Wagen, öffnete die Tür und schloss sie rasch hinter mir.

Thea lag auf der Seite, den Rücken zu mir, ihr Baby im Arm. Sie hatten sich in die Mitte des Bettes gelegt.

Brandy und Mikey hatten sich aneinander gekuschelt, Kopf an Kopf, zwischen Brandys Rücken und dem Bettrand. Es war aber immer noch genug Platz, dass sie es gemütlich hatten.

Leise öffnete ich eine Schublade im Schlafbereich, holte ein sauberes T-Shirt heraus und schlüpfte schnell hinein. Dann schnappte ich Ricks Limonade und eine Schachtel Cheerios.

Ich verharrte an der Tür, zog den Vorhang beiseite und spähte hinaus. Dort war nichts von Belang, ich wollte aber ganz und gar nicht dort raus. Warum? Das konnte ich nicht sagen.

Ich nahm mich zusammen, öffnete die Tür, ging nach drau-ßen, verschloss die Tür wieder und steckte die Schlüssel in meine Tasche. Dann eilte ich zum Truck und legte das Essen und Trinken hinein.

„Hey, Schatz."

Ich drehte mich um und mein Herz pochte heftig. Ich hätte schwören können, das war Bills Stimme. Bill. Hier.

Ein tiefes Knurren störte die morgendliche Stille.

Mein Blick verharrte auf der Reihe von Fahrzeugen zwischen uns und der Ausfahrt zur Autobahn. Dort war niemand.

„Alles in Ordnung?", ertönte Ricks stimme hinter mir.

Ich rührte mich nicht. „Ich dachte… Ich habe was gehört … weißt du was? Was soll's. Fahren wir einfach weiter. Wird Roscoe die Cheerios fressen, wenn er allein mit ihnen ist?"

„Ich bin nicht sicher", antwortete Rick.

„Dann behalte ihn hier, in Ordnung? Laden wir das Motorrad auf."

Die Harley auf den Truck zu laden, war eine größere Herausforderung, wenn der Wagen so nahe war. Aber am Ende bekamen wir es hin. Dann führte ich Roscoe zum Fahrerhaus, während Rick sein Motorrad sicherte und die Rampe verstaute.

Als ich aus der Nähe der Fahrertür ein seltsames Geräusch hörte, schielte ich wieder aus dem Fenster.

Roscoe knurrte.

Zu wissen, dass auch der Hund etwas gehört hatte, tröstete mich, schreckte mich aber auch auf. Ich nahm die Schlüssel zwischen die Finger … eine schwache Waffe, aber besser als nichts. Ich drückte den Knopf, um die Tür zu verriegeln. Meine Augen suchten den Boden neben dem Auto ab, ich konnte aber nichts sehen.

Etwas tippte von unten her an die Fahrertür. Taps. Taps, taps, taps. Was für ein bewusster Rhythmus. Nicht wie Wanzen oder so etwas.

Die Beifahrertür öffnete sich und ich schrie auf.

„Oha, Mama", sagte Rick. Er rutschte über den Sitz und legte mir den Arm auf die Schultern.

„Schließe die Tür, bitte, dann verschwinden wir von hier", drängte ich.

Gehorsam legte er den Gurt an.

Ich steckte den Schlüssel ins Schloss und drehte.

Der Truck stotterte.

Tuck, tuck. Tuck, Tuck-i-tuck.

Ich drehte abermals den Schlüssel im Schloss und mein Chevrolet Silverado sprang an.

Ich machte den Schulterblick, legte den Gang ein und als ich niemanden kommen sah, fuhr ich auf die Abfahrt des Rastplatzes. Ich folgte dem Kreisverkehr, bis ich zur Autobahn zurück konnte.

In meinem Sichtfeld vernahm ich eine menschliche Gestalt, die auf allen Vieren von der Stelle weg kroch, wo wir eben noch gewesen waren.

„Was ist los, Janet?", fragte Rick. „Du hast gesagt, du fühlst dich nicht sicher auf dem überfüllten Rastplatz und jetzt bist du ganz überdreht."

„Ich weiß nicht", sagte ich. „Ich dachte, ich hätte gestern Nacht jemanden bei uns herum kriechen hören. Deshalb konnte ich kaum schlafen. Heute Morgen hatte ich das Gefühl, es beobachtet mich jemand und dann… habe ich von der Unterseite des Trucks ein Klopfen gehört."

„Hmmm. Gut möglich, dass jemand etwas gesucht hat, das er leicht stehlen kann, wobei er sich nicht darum scherte, ob er dabei eine Frau erschreckt.

Das ergab für mich keinen Sinn, ich war aber nicht sicher, wie ich das ausdrücken sollte.

„Willst du, dass ich das Müsli öffne?", fragte Rick und merkte nicht, dass ich mit den Gedanken woanders war.

„Ja, bitte."

Roscoe legte seinen Kopf auf den Sitz zwischen uns und sah uns mit seinen beunruhigten, braunen Augen an.

LACHEND MACHTEN sich Brandy und Mikey über die Sandwiches mit Erdnussbutter und Gelee her. „War es nicht lustig, aufzuwachen und bereits zu fahren", fragte sie.

„Ja", antwortete er. „Ich habe mich angezogen, die Zähne geputzt und beim Fahren Orangensaft getrunken."

Ich zitterte. „Hoffentlich nicht in der Reihenfolge, Kleines. Orangensaft und Zahnpasta? Igitt."

„Du hättest uns vorwarnen können", meckerte Thea und schaute mürrisch in ihre Kaffeetasse.

„Hör auf dich zu beschweren", keifte ich, denn ich wollte das Unbehagen meiner Schwester nicht länger befeuern. „Wir waren aus Kansas City draußen, noch ehe die Kinder aufgewacht sind. Jetzt ist die Straße ruhig und leer und bis Denver ist alles frei."

Thea trank ihren Kaffee und sagte nichts.

„Sollte noch jemand was brauchen, ehe wir ins Hinterland kommen, sollten wir es hier erledigen. Das ist seit *langem* die größte Stadt", meinte Rick noch.

„Welche Stadt ist das überhaupt?" fragte Brandy.

„Topeka, die Landeshauptstadt von Kansas", antwortete Rick.

„Und wie weit sind wir von Denver entfernt?" Auf einmal war Theas Stimme gedämpft.

„Etwa zehn Stunden, der Karte nach", antwortete ich.

Schnell rechnete sie im Kopf. „Wenn wir durchfahren, könnten wir heute Abend dort sein."

Ich schaute alle Kinder an, auch Emily, die auf dem Boden saß und Roscoes Flanke tätschelte. Ihre Treue bedachte er mit einem hündischen Grinsen.

„Wenn es allen gut geht, sehe ich dabei kein Problem. Meine Güte, noch eine Nacht im Truck hört sich nicht gut an. Das ist nicht nur unbequem, sondern auch sehr ungeschützt. Wir müssen aber flexibel sein. Mit Kindern ist das eine lange Tagesreise."

Thea nickte.

„Brauchen wir noch was, wenn wir schon in Topeka sind?",

fragte Rick. Er zeigte aus dem Fenster und fuhr fort: „Ich denke, wir sollten im Kaufhaus dort drüben nach günstigen Luftmatratzen schauen."

Ich erwiderte: „Die nehmen viel Platz weg und der Wagen ist bereits sehr voll. Und wir brauchen sie vielleicht nicht mal."

Er konterte: „Ich bin ziemlich sicher, dass wir mindestens noch eine Nacht vor uns haben. Und darüber hinaus können wir nicht sagen, wo wir alle landen werden oder wie lange wir arbeiten müssen, ehe wir uns Möbel leisten können. Das könnte vielleicht nützlich sein. Selbst eine einfache Luftmatratze könnte helfen."

„Na gut, Schatz. Nehmen wir uns etwas Zeit, legen die Beine hoch und suchen wir uns eine Art Kissen."

Thea sah aus als läge ihr etwas auf der Zunge, schaute dann aber in ihren Kaffee und schwieg.

***

EINE STUNDE später kehrten wir zum Wagen zurück, unsere Einkäufe in beiden Armen. Meine unruhige Nacht und der frühe Morgen holten mich ein. Ich gähnte.

„Du machst besser einen Mittagsschlaf, Mama", sagte Rick. „Ich fahre eine Weile."

Ich nickte.

„Ricky?"

Mein Freund drehte sich zu meiner Tochter.

„Können Mikey und ich mit dir fahren? Wenn nicht so viele Kinder im Wohnwagen sind, hat Mama es bei ihrem Mittagsschlaf leiser."

„Das ist eine schöne Idee, Biene", sagte ich. Ich gähnte wieder.

Ricky meinte: „Mir macht es nichts aus. Wenn es dir nichts ausmacht, uns etwas vorzulesen. Was hältst du davon, Mikey?"

„Halt, fragt mich denn keiner? Mikeys MUTTER", schimpfte Thea.

„Nö", sagte ich sofort. „Du stehst auf der Schwarzen Liste, Thea, und nein, für meine Ausdrucksweise entschuldige ich mich nicht. Du bist einfach zu egoistisch und ich kann nicht mehr. Glaubst du ernsthaft, Rick tut deinem Kind etwas an, erst recht, während er fährt? Kannst du den Karren noch tiefer in den Dreck fahren?"

Thea war so gnädig, den Mund zu halten.

Als wir uns dem Chevrolet Silverado näherten, der auf der anderen Seite des Parkplatzes war, bemerkte ich noch ein Fahrzeug. Es sah aus wie ein Lieferwagen und er parkte direkt neben mir. Der Parkplatz war fast leer, besonders in der Nähe der Einfahrt, also was hatte er dort zu suchen?

Ich schielte hinüber. Irgendwie kam er mir bekannt vor.

Wir näherten uns und ein leises Pfeifen ertönte. Der Lieferwagen warf den Motor an und fuhr davon.

„Das war seltsam", stotterte ich, dann setzte aber die Erschöpfung wieder ein. Schnell vergaß ich den Lieferwagen und kletterte stattdessen die Stufe hoch in den Wohnwagen. Meine Familie folgte mir.

Rick ging noch schnell mit seinem Hund Gassi, dann fuhren wir weiter.

Ich merkte, dass meine Hand sich… glitschig anfühlte.

„Mama!"

„Was ist denn, Brandy?"

„Da ist irgendein schwarzes Zeug auf den Türschnallen am Truck."

Ich seufzte, nahm aus dem Schrank Papiertücher und reichte sie meiner Tochter. Ich nahm mir eines, wischte mir die Finger ab und schaute zur Türschnalle am Wagen. Ein schwarzes, schmieriges Zeug klebte am Chrom. Ich wischte es ab und taumelte nach drinnen, wo ich auf das Bett fiel und sofort einschlief.

Ich merkte nicht, als der Truck vom Parkplatz fuhr, weg von Topeka, dann auf die lange Autobahn, die zu unserem Ziel führte.

Nur ein Ziehen an meinen Haaren störte meine Erschöpfung.

Ich öffnete die Augen und sah, dass Emilys kleines Gesicht mit den blauen Augen mich anstarrte. Sie hatte sich zum Bettrand gezogen und schwankte nun, als auf der Autobahn fuhren.

Ich schaute mich um und sah, dass nur Thea und das Baby da waren. Keine Spur von den älteren Kindern oder dem Hund. Es erschreckte mich, dass sie Mikey mit Rick und Roscoe allein gelassen hatte und nur Brandy da war, um sie zu beschützen. Entweder sie entspannte sich oder sie regte sich wegen Rick nicht so auf, wie es den Anschein hatte, was bedeutete, dass sie nicht wirklich über die Kinder nachdachte.

Natürlich nicht. Sie versucht, die Verantwortung zu tragen. Das weißt du. Deshalb warst du in der Beziehung zu ihr immer zurückhaltend. Zumindest bis zu Mikes Tod.

„Thea, dein Schatz ist hier", sagte ich müde.

„Ja, ich verstehe", antwortete sie.

„Wie lange war ich weggetreten?"

„Etwa eine Stunde."

Ich nickte.

„Eine lange Nacht gehabt?"

Ich spitzte die Lippen.

Sie seufzte. „Janet, echt? Draußen, wo dich jeder sehen konnte?"

„Nur zu deiner Information, nein. Es ist jemand um den Truck herumgeschlichen. Deshalb sind wir so früh aufgebrochen. Ich wollte dort nicht mehr sein."

„Landstreicher", stotterte sie.

„An einer Raststätte am Wegrand, mitten in der Pampa? Wären die nicht eher in einer Stadt, wo man ihnen hilft?"

„Nun, vielleicht. Wer denkst du denn, war es?",

Ich seufzte: „Keine Ahnung. Offenbar jemand, den ich nicht in meiner Nähe haben will."

Emily zog mich an den Haaren.

Sanft nahm ich ihre Hände aus meinen Haaren und setzte mich hin

„Wie bist du denn ganz allein mit einem kleinen Baby zurechtgekommen?", fragte Thea.

„Ich hatte keine Wahl", antwortete ich. „Ich kann dir nur den einen Rat geben, ja niemals im Leben aufzugeben. Wenn man es zulässt, bekommt man auf seltsame Weise Hilfe, als allein erziehende Mutter hat man es aber nie leicht."

„Ich weiß nicht, wie du das geschafft hast. Ich bin gerade mal ein Jahr allein und habe das Gefühl, jeden Tag zu zerbrechen."

„Das findet man nach und nach heraus." Ich kroch vom Bett und ging ins Bad. Zumindest hatte es ein paar Vorteile, in meinem kleinen Wohnwagen zu reisen.

Im Bad betrachtete ich wieder meine Hände. Ich hatte sie zwar hastig abgewischt, es blieben aber noch schwarze Streifen zurück. Ich roch daran.

Es roch nach Rick.

Ich ging wieder raus. „Thea, ich glaube, hier hat jemand versucht, einzubrechen."

Sie war durch den ganzen Wagen gegangen und hatte Emily auf das Bett gezogen. Sie schreckte auf. „Was?"

Ich nickte. „Es war Motorenöl auf den Türen, dem Wohnwagen und dem Truck. Jemand mit verschmierten Händen wollte sich zu beiden Zutritt verschaffen."

„Warum?"

„Hatten diese Leute vielleicht Hunger und suchten etwas zu essen? Vielleicht auch Geld? Scheinbar sind wir einem versuchten Raubüberfall entgangen. Gut, dass wir abgeschlossen haben."

Sie schüttelte den Kopf. „Die ganze verdammte Situation stinkt zum Himmel. Reicht es nicht, dass ich meinen Mann verloren habe, wir aus unseren Häusern vertrieben wurden? Müssen wir uns auch noch mit Landstreichern und Räubern herumschlagen, die uns auf dem Fersen sind? Womit haben wir ein solches Schicksal verdient.

Ich zuckte. „So was kommt vor. Das muss man akzeptieren."

„Janet, bitte."

„Was?"

„Von dir schauen sich meine Kinder schlechte Angewohnheiten ab."

Ich verdrehte die Augen. „Nur Worte, Thea. Früher oder später hören sie das eh."

„Mir wäre es lieber, sie würden so etwas nicht von Verwandten hören."

Ich zuckte, überhaupt nicht beeindruckt. „Du hast als Mutter die Wahl. Jedoch kannst du nicht von mir erwarten, dass ich mich verbiege und dir helfe, während du mich gleichzeitig kritisierst. Das fühlt sich nicht wie gegenseitige Liebe und Unterstützung an. Das fühlt sich an, als würdest du mich ausnutzen. Und bist zudem dabei nicht einmal besonders nett."

„Ich habe viel durchgemacht…"

„Ja, das hast du", fiel ich ihr ins Wort. „Ich weiß, das hast du. Es ist nicht meine Schuld. Dafür bin ich nicht verantwortlich. Es liegt nicht an mir, mit den Folgen zu kämpfen. Ich wollte dir helfen. Seit einem *Jahr*, Thea. Ein Jahr lang habe ich tagsüber auf deine Kinder aufgepasst und mich nachts um die Bar gekümmert. Dir zu helfen hat mich meine Bar gekostet. Meinen Platz in der Stadt. Ich gebe dir nicht die Schuld dafür, fände es aber schön, wenn du weniger zickig wärst."

„Wow, Janet. Nur raus damit. Wie fühlst du dich wirklich?"

Ich spitzte die Lippen. „Du weißt sehr gut, wie ich mich fühle. Daraus habe ich keinen Hehl gemacht. Achtest du auf niemanden außer auf dich oder ist es dir einfach Schnuppe?"

„Das war nie so!"

„Das habe ich gemerkt. Oft. Du hast dafür gesorgt, dass ich jedes Fitzelchen deines Missfallens mitbekomme. Wie wäre es, wenn du eine Weile *weniger* im Mittelpunkt stehst, bevor du einen Streit anfängst, den du nicht willst."

Sie verdrehte die Augen und nahm Emily auf den Arm. Das Baby nahm ihre Haare und gluckste fröhlich.

Ich fühlte mich mies. Ich hasste es, meine Schwester zur Rede zu stellen. Wir sollten uns doch lieben. Uns gegenseitig unterstützen. Ich fühlte mich weder geliebt noch unterstützt. Ich fühlte mich benutzt und vertrocknet.

Vorsichtig entriegelte ich das Schloss am Kühlschrank, holte eine Pepsi heraus und ließ mich auf einen Stuhl am Tisch fallen. Eines von Brandy's Büchern lag neben mir auf dem Sitz und ich hob es auf. *Nancy Drew.* Hätte schlimmer sein können. Ich schlürfte meine Cola und begann zu lesen.

KAPITEL 8

„UND WAS JETZT?", fragte Rick, als wir eine Gaststätte am Ortsausgang von Hays, Kansas, verließen. „Wir haben jetzt 17:30Uhr. Wenn wir durchfahren, könnten wir gegen Mitternacht in Denver sein. Vorausgesetzt, dass wir nicht anhalten."

„Denkst du, dass wir sechs Stunden am Stück fahren können?", fragte ich. „Wir brauchen sicher eine Pinkelpause. Selbst wenn wir nur an den Straßenrand fahren und die Toilette im Wagen benutzen.

„Na gut, schön", sagte Rick. „Damit kann ich leben."

„Klappen wir die Betten aus", schlug Thea vor. „Dann können die Kinder schlafen und wir fahren. Aber im Ernst: Was ist, wenn wir mitten in der Nacht in Denver ankommen? Gibt es irgendwo noch mehr Betten?"

„Die Gästezimmer meiner Eltern", antwortete Rick. „Sie leben über dem Restaurant und wir können den Wohnwagen die Nacht über auf dem Besucherparkplatz abstellen. Du und die Kinder können schlafen. Wir gehen rein."

„Macht es ihnen denn nichts aus, wenn wir einfach so reinplatzen?" fragte ich. „Einen solchen ersten Eindruck möchte ich nicht machen."

„Sie sind Nachteulen", antwortete er. „Ich habe sie vorgewarnt, dass es spät werden könnte und sie haben gesagt, es stört sie nicht."

„Dann mal los", schlug ich vor. „Klappen wir die Betten aus. Dann können Thea und die Kinder es sich gemütlich machen, wenn sie so weit sind. Brandy bleibt bei uns, bis wir Pinkelpause machen. Dann geht auch sie ins Bett."

„Ihr lasst mich wieder mit allen Kindern allein", schimpfte Thea.

„Ja. Mit allen schlafenden Kindern. Während du schläfst. Was bin ich doch für ein Biest."

Sie schwieg.

Ich schüttelte den Kopf, ging zur Tür des Wagens und drehte den Schlüssel im Schloss. Jahrelang habe ich mich nicht darum gekümmert, es abzuschließen, plötzlich war es aber in Fleisch und Blut übergegangen, was nur zeigte, wie beschissen dieses ganze Abenteuer geworden war.

Ich stampfte die Stufen hinauf und betrat das zu Hause, das sich nicht länger wie das meine anfühlte, denn jetzt barg es so viele Erinnerungen an meine zickige Schwester. Mit ein paar Handgriffen verwandelte ich den Tisch in ein Bett.

Als ich mit allem fertig war, war Thea mit ihrem Baby, Mikey, schon im Wohnwagen und er trottete hinter ihr her als wäre er ein trauriges Entenküken. Das Abendessen war zwar noch nicht lange her, das Kind begann aber schon zu sabbern. Dass er so lange ruhig bleiben musste, hatte ihn schneller ermüdet als stundenlang herumzutollen.

„Lies ihm ein Buch vor, Kleine", rief ich zur Tür hinaus.

Brandy sprang rein, durchwühlte ihre Sammlung und entschloss sich schließlich für ein paar Mystery-Thriller um Nancy Drew.

Wir gingen zusammen runter, schlossen die Tür ab und begaben uns dann zum Truck.

Ricky saß auf dem Fahrersitz, Roscoes Kopf auf dem Knie. Der Hund winselte aus vollem Hals.

Brandy rutschte in die Mitte und ich mich auf den Beifahrersitz.

„Ich darf doch", sagte Rick. „Ich möchte eine Weile fahren."

„Nicht doch", antwortete ich. „Ich bin nach Sonnenuntergang sowieso in Bestform."

Er grinste mich an und drehte den Zündschlüssel.

Der Motor stotterte. Starb ab. Stotterte wieder.

„Das ist schon eine Weile so", meinte ich. „Was schlägst du vor, Schatz?"

„Wenn wir in Denver sind, sehe ich nach", antwortete er. „Ein vier Jahre alter Truck, der gut gewartet wurde, sollte beim Anlassen nicht solche Probleme machen."

Wieder drehte er den Zündschlüssel und endlich sprang der Motor an.

Im Sonnenlicht des späten Nachmittags, das durch die Windschutzscheibe auf unsere Gesichter schien, sah man das Armaturenbrett nur noch undeutlich.

Der Hund legte sein dünnes, besorgtes Gesicht auf Brandys Schoß. Sie rieb seine Ohren und krächzte.

Er stöhnte und schloss die Augen.

Rick manövrierte uns in den Verkehr zur Hauptverkehrszeit in Hays (Kansas) und wir folgten dem Bach in westlicher Richtung, vorbei an den prachtvollen Gebäuden der Fort Hays State University und aus der Stadt hinaus, zu einer leeren Wildnis.

Ich verriegelte die Tür und lehnte mich ans Fenster, dann nickte ich ein. *Nur ein kleiner Mittagsschlaf, dann kann ich später wach sein………*

„Verdammt", fluchte Rick, wodurch ich aufwachte.

„Was ist, Schatz?", fragte ich.

„Der verdammte Truck hat einfach… angehalten."

Ich setzte mich auf. „Was? Warum?"

Er schüttelte den Kopf. „Ich weiß nicht, werde es aber herausfinden." Von der leeren Straße fuhr er auf den leeren Seitenstreifen, parkte den Wagen, zog den Schlüssel ab und fasste nach unten, um die Motorhaube zu öffnen.

„Was geschieht hier, Mama?" fragte Brandy.

„Ich bin nicht sicher", antwortete ich. „Der Truck spielt verrückt."

„Haben wir ihn kaputt gemacht, weil wir zu lange gefahren sind?"

„Das bezweifle ich. Er ist ja zum Fahren da und er war in gutem Zustand. Aber Ricky ist klug und das ist sein Beruf. Er findet den Fehler schon."

Sie nickte.

Im Fahrerhaus ertönte ein Knurren. Roscoe erstarrte vor unseren Füßen.

„Was ist, Kumpel?" fragte ich ihn.

Er sprang auf den Sitz und starrte aus dem Fenster, zum flachen, langweiligen Horizont.

„Ich denke, er muss Gassi gehen, Mama", meinte Brandy. „Kann ich mit ihm in dem Feld dort spazieren gehen?"

Ich nickte geistesabwesend. „Ist hier seine Leine?",

fragte sie, öffnete das Handschuhfach, holte sie heraus und legte sie ihm um den Hals.

Ich öffnete die Tür und setzte einen Fuß auf den Boden. Brandy kam hinterher und führte Roscoe in ein Feld neben uns, auf dem lauter kleine, Grüne Pflanzen standen. Emsig schnüffelte er herum.

Die Tür des Wagens ging auf und Thea streckte den Kopf raus. „Was ist los? Warum haben wir angehalten?"

„Der Truck hat den Geist aufgegeben", antwortete ich nur.

Thea runzelte die Stirn.

„Bist du nicht froh, dass du mit einem Mechaniker reist?", spottete ich.

Sie flüsterte etwas vor sich hin, ging dann wieder in den Wohnwagen und schlug die Tür hinter sich zu.

Ich behielt meine Tochter im Auge, wie sie den schnüffelnden Hund ins Feld führte, während ich zu Rick ging. „Etwaige Vorschläge?"

Er seufzte: „Es ist noch etwas zu heiß zum Anfassen. Ich

kann dir aber mit Sicherheit sagen, die Batterie ist leer. So wie der Truck getan hat, bevor er abgestorben ist, gehe ich davon aus, es gibt ein Problem mit dem Generator."

„Oh… wozu ist der gut?"

Er fasste in den Haufen metallenen… Kram, berührte etwas und zog dann schnell die Finger raus. „Meistens lädt er die Batterie. Ohne einen funktionstüchtigen Generator kommt ein Fahrzeug nicht sehr weit, also haben wir ein Problem. Eines, das ich nicht lösen kann, bis alles etwas abgekühlt ist."

„Erzähl mir mehr", drängte ich ihn.

Rick schüttelte den Kopf. „Ich wünschte, das könnte ich dir mit Gewissheit sagen. Wenn jemand kommen würde, könnten wir ihn vielleicht mit einem Startkabel anlassen. Wenn der Generator funktionierte, dann würde er die Batterie wieder aufladen, sobald der Truck läuft, und alles wäre gut. Ich muss aber zuerst schauen, was mit dem Generator los ist. Ohne ihn wird jede Ersatzbatterie, die wir haben, ebenso schnell leer."

Er trat vom Truck weg und ließ die Heckklappe offen stehen.

„Was hast du vor?"

„Etwas trinken", antwortete ich. „Ich habe Durst und es dauert noch ein paar Minuten, bis ich ihn anfassen kann, um festzustellen, was ist."

„Ähm, ich mache das, in Ordnung?" schlug ich vor. „Meine Schwester sieht gerade… etwas gefährlich aus. Ich möchte nicht, dass sie dir eine rein haut. Kannst du auf Biene und Roscoe aufpassen?"

Er nickte und lehnte sich an die Seite des Trucks.

Ich hüpfte in den Wohnwagen und brabbelte vor mich hin, während ich die paar Stufen zum Kühlschrank ging und ihn einen Spalt breit öffnete. Ich konnte ihn nicht ganz öffnen, denn das Bett war ausgeklappt, konnte aber wenigstens zwei Pepsis herausholen. „Rick meint, es gibt ein Problem mit dem Generator. Wenn das Innere des Trucks abgekühlt ist, wird er Genaueres wissen. Hab bitte noch etwas Geduld, dann dürften wir genaueres wissen."

Damit verließ ich den Wagen und reichte meinem Freund die kalte Limonade. Er fing die Dose leicht, die ich ihm zuwarf, und ich lehnte mich neben ihn an den Truck. Er legte mir den Arm auf die Schulter.

„Das hat gerade noch gefehlt", sagte er. „Als wäre diese Reise nicht schon spaßig genug",

Ich kuschelte mich an Rick und legte meinen Kopf an seine Brust. Als die heiße Sommersonne unterging, schwitzten wir beide, was mich aber nicht störte. „Ich weiß, Schatz. Ich bin so froh, dass du hier bist. Wenn das alles passiert wäre und du wärst nicht dabei gewesen, wäre ich verloren."

Er küsste mich auf den Kopf. „Er dürfte jetzt so weit abgekühlt sein, dass man ihn berühren kann. Willst du mal sehen?" Er nahm meine Hand und ließ mich wieder unter die Haube meines Trucks schauen, wo das unverständliche Wirrwarr aus Schläuchen, Kabeln und großen metallischen Gegenständen war. Er berührte sie wieder und diesmal schien es besser zu gehen. „Schatz, kannst du mir mein Werkzeug holen?"

„Die kleine Kiste unter dem Sitz? Oder muss ich das holen, das im Wohnwagen ist?"

„Du willst doch nicht, dass Thea wütend wird?", Er kicherte belustigt: „Ich gebe dir nicht die Schuld. Die Kiste unter dem Sitz dürfte reichen."

Ich holte schnell die kleine, flache Kiste, kehrte zurück und schaute verblüfft zu, wie er stieß, drehte und stupste. Dann runzelte er die Stirn. „Mit dem Generator ist alles in Ordnung. Der war nicht angeschlossen."

„Was?", fragte ich. „Wie passiert so etwas?"

Er schüttelte den Kopf. „Nicht aus Versehen, versprochen."

„Oh, Mist", sagte ich. „Brandy! Komm wieder her. Brandy?"

„Ich komme", schrie sie aus großer Entfernung. Ich drehte mich um und sah, wie sie zog und Mühe hatte, Roscoe wieder zu uns zu holen.

„Schatz, ruf deinen Hund", befahl ich.

Ricky pfiff und plötzlich zog Roscoe Brandy zurück zu uns.

„Was ist los, Mama?", fragte er.

„Als wir vorhin durch Topeka fuhren, waren ölige Handabdrücke auf den Türschnallen des Wohnwagens und am Truck und jetzt hat jemand am Truck herumgefummelt." Ich musste schwer schlucken. „Das ist kein gutes Zeichen."

Brandy und Roscoe stießen zu uns und ich nahm meine Tochter in den Arm.

„Was ist los?", fragte Brandy.

Ich antwortete: „Keine Ahnung, vielleicht nichts, ich würde es aber begrüßen, wenn du etwas näher bei mir bist, nur für alle Fälle. Die Prärie dort draußen ist recht groß."

„Wer hätte das gedacht …", begann Rick.

„Ich weiß nicht. Was ist unwahrscheinlicher? Dass wildfremde Menschen sich entschlossen haben, sich mit ein paar Reisenden in mehreren Städten rund um Missouri und Kansas anzulegen, oder dass uns jemand verfolgt hat?"

„Wer sollte so etwas tun und warum?"

Ich antwortete: „Woher soll ich das wissen. Ich hätte aber schwören können, dass ich gestern Abend Bill bei der Raststätte gehört habe." Dann seufzte ich tief. „Also, was machen wir jetzt?"

„Wir müssen so schnell es geht wieder auf die Straße, aber… es gibt keine Möglichkeit, dass es schnell geht. Ich kann den Generator problemlos wieder anschließen…wer das auch war, hat nichts kaputt gemacht, sondern nur den Generator, den Regler und alles sonst voneinander getrennt. Ich muss nur alles wieder einstecken…aber ohne eine funktionierende Batterie bringt das nichts."

„Wie also kommen wir an eine funktionierende Batterie?", fragte Brandy und setzte sich auf den Boden.

Roscoe kletterte auf ihren Schoß.

„Wir haben zwei Möglichkeiten, Biene", erklärte Rick. „Wir warten entweder bis jemand kommt, der uns hoffentlich mitnimmt. Hier kommt der reparierte Generator zum Einsatz und alles wird gut."

„Aber?" fragte ich.

„Aber das hier ist ein sehr entlegener Ort. Wir sind zehn Meilen außerhalb der Stadtgrenze von Hays. Wer weiß, ob hier jemand vorbeikommt und wenn doch, ob man uns hilft? Leute aus einer Kleinstadt können Außenstehende vielleicht nicht leiden."

„Und sollte uns wirklich jemand gefolgt sein, wer sagt uns, dass sie nicht die nächsten sind, die zufällig vorbeikommen?", ergänzte ich noch. „Keine gute Option. Was sonst noch?"

„Jemand müsste zurück nach Hays gehen, dort nach einem Laden für Autoteile schauen, die richtige Batterie kaufen und sie hierher zurück tragen. Das alles zu Fuß, denn wir haben kein funktionstüchtiges Fahrzeug."

„Was ist mit dem Motorrad?", fragte Brandy.

Rick blinzelte und schlug sich selbst auf die Stirn. „Warum habe *ich* nicht daran gedacht. Du bist ein schlaues Mädchen, Biene. Ja, ich kann mit dem Motorrad fahren. Hol das Seil und mache einen einfachen Knoten, ich weiß aber nicht, wo ein solcher Laden sein könnte. Es könnte etwas dauern."

„Ich glaube, das ist unsere einzige realistische Möglichkeit", sagte ich und legte meine Arme um Rick. „Wollt ihr euch nicht beeilen? Bis wir wieder auf der Straße sind, fühle ich mich nicht sicher."

„Natürlich", stimmte er zu. „Biene, kannst du mit deiner Tante und Roscoe in den Wohnwagen? Sag ihr grob, was vor sich geht und dann *bleibt ihr drin.* Nur für alle Fälle."

Sie nickte, erhob sich und zog an der Hundeleine. Der Hund folgte bereitwillig, sein Blick war aber stets auf den Horizont gerichtet.

Kaum war die Tür hinter ihr zu, drehte ich mich zu Rick.

Er hatte bereits die Rampe vom Bett meines armen, kaputten Pickups geholt und sie auf den Boden gelegt. Ich konnte sehen, wie sein Hintern unter dem Truck hervor kam.

Einen Moment später sprang er auf und hüpfte ins Bett.

„Bereit?"

Ich nickte. Mir lief es kalt den Rücken hinunter, ich sah mich um und fühlte mich ungeschützt.

„Hier ist niemand, Janet", sagte er. „Dieser Ort ist so abgelegen und offen, dass man jeden, der uns verfolgt, sofort sehen würde."

Ich nickte und beeilte mich, ihm zu helfen. Die Harley vom Truck runterzubekommen, war schwerer, als sie hinaufzuschieben. Natürlich bewegte sie sich durch die Schwerkraft schneller die Rampe hinunter, am Ende schafften wir es aber. Ein paar Minuten später fuhr sie in östlicher Richtung davon, zur Stadt, sodass ich allein im Nirgendwo zurückblieb.

Ich eilte zum Wohnwagen, kletterte hinein und schloss die Tür hinter mir ab. Dann lehnte ich mich dagegen und mein Herz schlug ganz schnell.

„Janet, was ist los?", fragte Thea.

„Ich habe dir gesagt, Tan…", begann Brandy.

„Biene irrt sich sicher. Niemand hat am Truck rumgefummelt, er hat einfach eine Panne, ja?"

Ich schüttelte den Kopf. „Rick sagt, es ist unmöglich, dass dieser Schaden durch einen Unfall entstanden ist. Jemand hat sorgfältig ein paar Teile so manipuliert, dass wir eine kurze Strecke aus der Stadt herausgekommen sind und dann zu fahren aufgehört haben."

Thea wurde blass im Gesicht. „Gütiger Himmel. Und ich habe diesen jemand wegfahren hören?"

„Ja", antwortete ich. „Er ist weg, eine neue Batterie besorgen. Wenn nicht jemand kommt und uns Starthilfe gibt, haben wir keine Möglichkeit, den Truck wieder zum Laufen zu bringen."

„Auf diesen Straßen würde ich einem Fremden *niemals* vertrauen. Ich bezweifle, dass wir noch anderen Menschen als Fernfahrern begegnen."

Ich erwähnte nicht, dass ich all die Jahre als allein erziehende Mutter überlebt hatte, weil ich mir von Fernfahrern habe helfen lassen. Mir war nicht danach, diesen Streit wieder vom Zaun zu brechen.

Nein, ich musste meinen Verstand für wichtigere Dinge gebrauchen. Irgendwie wurde ich das Gefühl nicht los, dass wir in Gefahr schwebten. Auf Zehenspitzen öffnete ich den kleinen Schrank über dem Kühlschrank und holte eine kleine Kassette heraus. Ich gab schnell den Zahlencode ein und holte meinen 38er Colt hervor.

„Janet!", kreischte Thea. „Du hast einen *geladenen* Revolver in diesem Wohnwagen, wo dein Kind und meine Kinder so viel Zeit verbringen? Wie konntest du sie einer solchen Gefahr aussetzen?"

Ich schob die Kassette wieder in den Schrank und machte die Tür zu. „Ganz dünnes Eis, Thea. Monatelang geht das schon so. Ich schlage vor, du hältst den Rand."

Sie krächzte etwas Unverständliches.

Ich ließ sie links liegen, schob den Vorhang zur Seite und schaute zum Fenster hinaus, zur Straße. Nichts. Und doch wurde ich das Gefühl nicht los, dass sich hier draußen etwas zusammenbraute.

„Janet…"

„Nicht jetzt, Thea."

Ich kniff die Augen zusammen und konzentrierte mich auf den Horizont. Auf der Autobahn, die sich vor uns erstreckte, waren unzählige Autos und in diesen Autos kleine, grüne Pflanzen, die ich nicht benennen konnte. Sie bewegten sich im Wind.

„Janet Louis Miller! Hör mir zu."

Ich drehte mich um. „Ich bin nicht dein *Kind*, Thea. Weißt du? Eigentlich bin ich deine *ältere* Schwester. Ich muss dir nicht gehorchen. Halt. Den Mund."

Brandy kicherte.

Thea knurrte etwas. Sie sagte in sarkastischem Ton: „Ist dir je in den Sinn gekommen, dass Rick vielleicht selbst an dem Truck rumgefummelt hat?"

Ich spottete: „Das würde er nicht tun. Wie kommst du nur darauf?"

„Damit er umsonst an einen neuen Ort kommt", antwortete

sie. „Er ist nicht der… Stabilste, weißt du? Jahrelang hat er dich angeschnorrt. In deinem … Haus geschlafen", sagte sie und sah sich angewidert um. „Dein Essen gegessen. Du hast ihn sogar in die Nähe deiner Tochter gelassen. Ich glaube, er ist abgehauen und hat uns allein am Straßenrand stehen lassen."

Diese Worte waren wie ein Schlag in die Magengrube. Das war natürlich Unsinn. Das wusste ich sofort, aber dass sie es sagte, ließ mir den Atem stocken. „Ich hatte recht. Du versuchst uns auseinander zu bringen. Rick wird bald zurück sein und dein Undank ist zu viel. Du lungerst doch nur herum, nicht Rick. Er bezahlt seinen Teil. Was tust du schon?"

„Ich habe so oft auf dein Kind aufgepasst …"

„Auf sie aufgepasst? Oder sie auf *dein* Kind aufpassen lassen? Brandy ist nicht deine Babysitterin, du behandelst sie aber so und bezahlst sie noch nicht mal. In der Zwischenzeit habe ich das ganze letzte Jahr auf deine *beiden* Kinder aufgepasst. Ein hilfsbereites Kind ist nicht gleichbedeutend mit einem Kind *und* einem Baby und du hast mir nicht einmal dafür gedankt oder die geringste Anerkennung gezeigt."

Thea schnaubte: „Also tust du das alles deswegen? Für Anerkennung? Ich dachte, Familien würden sich aus Liebe und Treue helfen."

„Ich habe dir aus Liebe und Treue geholfen. Du und deine Kinder sind die einzige Familie, die Biene und ich haben, du aber zeigst uns nicht, dass du uns liebst. Du bist herrisch, kritisierst alles, nutzt uns beide aus und bist schrecklich zu meinem Freund. Niemals kann das gut gemeint sein."

Thea stand auf und setzte Emily auf den Boden, ehe sie dann aus dem Wohnwagen stürmte. Das Baby schnappte sich sofort ein Buch und nahm es in den Mund.

Ich schaute ins Zimmer, nach den Kindern. Brandy sprang mit Tränen in den Augen vom Bett, das manchmal ein Tisch war, und wollte eiligst ihren Nancy Drew-Thriller holen, bevor Emily darauf sabberte.

Mikey weinte leise, die Hände vor dem Gesicht.

„Hey, kleiner Mann" sagte ich, schob den Revolver in den Bund meiner Jeans, dann näherte ich mich ihm und kraulte sein Haar. „Geht es dir gut? Es ist nicht lustig, wenn die Erwachsenen sich streiten, oder?"

Er schüttelte den Kopf.

Emily kreischte. Scheinbar hatte Brandy den Kampf um ihr Buch gewonnen. Da ihm der Preis genommen worden war, fing das Baby an zu schreien.

Die Tür ging wieder auf. „Reicht es nicht, dass du mich bei jeder Gelegenheit angehst?", schrie Thea, stampfte die Treppe hinauf und nahm Emily in den Arm. „Musst du auch noch meinen Schatz quälen?", fragte sie und stürmte hinaus.

Ich folgte ihr und schlug die Tür hinter mir zu. „Thea!"

Sie drehte sich um und schaute mich finster an.

„Ich habe noch nie einen solch ungeheuerlichen Blödsinn gehört. Alle waren immer lieb und nett zu dir und deinen beiden Kindern. Aber wenn dein zerbrechliches Ego von der Wahrheit verletzt wird, so müssen alle dafür bezahlen. selbst wenn du dir Anschuldigungen aus den Fingern saugst? Babys weinen nun einmal, Thea. Brandy hat ihr nichts getan. Hat sie nie. Hast du echt geglaubt, das könnte sie?"

„Ich weiß nicht", schniefte Thea und drückte ihr Kind fest an ihre Brust. „Das war kein normaler Schrei, aber natürlich hältst du zu deinem Kind—"

„Hör auf!", keifte ich. „Wir haben monatelang mit Engelszungen auf dich eingeredet, aber jetzt reicht es einfach. Brandy hat so viel für dich getan und du ignorierst das alles, dass du einen Aufstand machen kannst? Warum?"

„Ich meine, sie ist ja nicht besonders gut erzogen oder so. Wie auch bei all deinem… unangemessenen Benehmen."

Ich erstarrte. Sie hatte es tatsächlich gesagt. Ich wusste, das war ihre Meinung, hatte aber nicht erwartet, dass sie es ausspricht. Mein kaltes Herz schmolz und ich kochte nun vor Wut. „Wie kannst du es wagen? Ich weiß nicht, wieso du dich für ein prüdes Leben entschieden hast, habe aber *deine* Vergangenheit nicht vergessen."

Sie blinzelte. „Du hast versprochen…"

„Ich habe *was* versprochen? Unseren Eltern nicht zu erzählen, dass ich all die Jahre in denen ich high war und flach gelegt wurde, du nicht bei mir warst? Dass du alles getan hast, was ich auch getan habe, du aber nur nicht erwischt wurdest. Du konntest vielleicht Mike vormachen, dass du eine unschuldige Jungfrau warst. Du konntest vielleicht der ganzen gottverdammten Stadt etwas vormachen, dir einen Ruf als gute Schwester aufbauen, während ich die böse war, aber ich weiß es besser. Unseren Eltern habe ich nie etwas gesagt, dass sie dich nicht verhauen. Mike habe ich nie etwas gesagt, weil es mich nichts angeht. Aber vergessen habe ich es nie. Klingt so, als müsste ich deinem Gedächtnis auf die Sprünge helfen. Du bist keine Heilige, Dorothea Ambrose. Du hattest Glück, das ist alles. Du hast deine Vergangenheit verleugnet und bist vorwärts gekommen, dadurch bist du aber nicht besser als ich. Das macht dich zu einer verdammten Heuchlerin."

Thea blieb die Luft weg. Sie hatte Tränen in den Augen. Ich aber fuhr trotzdem fort:

„Ich schulde dir nichts. In meinem Wohnwagen ist kein Platz für dich. An meinem Tisch ist kein Platz für dich. Nichts. Ich bin umgekehrt, um dir zu helfen, als Dank bekomme ich nur Kritik und Anschuldigungen. Ja, ich fluche und schlafe mit meinem Freund. Ich werde nicht versuchen, mir dein Okay für das alles einzuholen, denn mir. Ist. Es. Egal. Verurteile mich doch, wenn du willst, posaune es aber nicht hinaus. Auf deine Meinung lege ich keinen Wert. Sicher nicht, wenn du von meinem Wohlwollen abhängig bist."

„Gibt es in deiner Welt keinen Platz für einen Menschen, der sich ändern will?"

„Klar gibt es den. Ich habe nie mit dir geschimpft oder jemals ein Wort darüber verloren, dass du so getan hast, als wäre Mike dein erster gewesen. Über dein neues, braves Äußeres oder deine Manieren habe ich mich nie beschwert. Ich habe dich das Leben leben lassen, das du wolltest. Nun frage ich dich, wo ist deine Toleranz für meine Entscheidungen? Ich hatte eine *Bar*, Thea. Die Menschen, die du für minderwertig hältst, die Mechaniker und Fernfahrer, waren meine Rettung, während du immer mehr verlottert bist. Das ist meine Welt und in dieser Welt habe ich einen Mann kennen gelernt, der mich so liebt, wie ich bin. Ist das echt ein solch schreckliches Verbrechen, verglichen mit allem was ich für dich getan habe?"

„Fang nicht wieder damit an! Ich brauchte Hilfe, weil meine Welt zusammengebrochen ist."

„Ich habe dir nie widerwillig geholfen. Falls du dich erinnerst, habe ich nur die Kritik abgelehnt. Kannst du mich nicht einfach nehmen, wie ich bin?"

Sie schüttelte den Kopf. „Ich mache nur, was für meine Kinder am besten ist."

„Indem du den einzigen Menschen vergrämst, der bereit ist, alles für dich zu riskieren? Was für ein Blödsinn. Das tust du nicht für die Kinder. Das tust du mir *an*. Warum?"

„Ich weiß nicht, wovon du sprichst."

Ich seufzte. Einen Moment dachte ich, sie würde zuhören, aber nein. Es war klar, sie würde sich an ihre rechtschaffene Empörung über meine schrecklichen, schrecklichen Missetaten klammern. Ich schüttelte den Kopf. „Dann wäre alles gesagt, oder? Wenn du mein wahres Ich nicht tolerieren kannst, brauchst du nicht auf meine Hilfe zählen. Wir sind hier fertig, Thea. Du bist auf dich gestellt."

Ihr blieb der Mund offen stehen. „Was meinst du? Du setzt mich am Straßenrand ab?"

Ich keifte: „Wie soll ich das können, wenn Rick zurückkommt, um den Truck zu reparieren? Du hast gewusst, das würde er. Das hast du nur aus Bosheit gesagt. Wie du siehst, liebt Ricky mich. Er wird zurückkommen und dann wirst du eine Entscheidung treffen müssen. Entweder du hältst den Rand, bis wir in Denver sind, von wo ab du von jetzt an auf dich gestellt sein wirst, mit deiner eigenen Arbeit, deiner eigenen Bleibe und wo du mir eine Weile nicht mehr unter die Augen kommst, oder ich setze dich in einem Hotel in Hays ab. Mit dem Geld aus Mikes Lebensversicherung kannst du dir ein Auto kaufen, dir dort eine Arbeit suchen oder tun, was du willst. Wenn aber meine Gegenwart für dich so schrecklich ist, dass du dich nicht zügeln kannst, musst du auf meine Hilfe verzichten.

„Ich fasse es nicht, dass du mit mir brichst, weil ich möchte, dass du in Gegenwart meiner Kinder deine Zunge hütest."

„Lass es sein. Das wird nicht passieren, das weißt du auch. Wie ist deine Wahl, Thea?"

„Meine Wahl ist... Ist...", stotterte sie, schüttelte den Kopf, nahm Emily auf die Schulter und stampfte zum Truck, wo sie ins Fahrerhaus rutschte und die Fenster hinunter kurbelte, damit eine Brise hinein kam.

Ich wusste nicht, was ich davon halten sollte, es fühlte sich aber nicht gut an. Würde ich meine Schwester verlieren, weil ich sie darum bat, mich zu respektieren, wenn ich ihr half?

Ich schüttelte den Kopf und ging zum Wohnwagen zurück. Brandy und Mikey saßen auf dem Bett und spielten Karten. Beide hatten aufgehört zu weinen, aber die Spannung lag dick wie Motorenöl in der Luft.

„Wo ist Mama?", fragte Mikey.

„Sich im Truck ausruhen", sagte ich ihm in sanftem Ton. „Sie ist bald wieder da. Das sieht unbequem aus, Kinder. Wollt ihr den Tisch wieder haben?"

„Ja, bitte", antwortete Brandy. Sie hatte die Augen seitlich leicht zusammengekniffen.

Zwischen dem größeren Bett und der Badezimmertür, begrüßte mich Roscoes besorgter Blick.

Ich weiß, was du sagen willst, Kumpel.

Ich drängte Roscoe auf das Bett, damit er den Weg nicht mehr versperrte, dann setzte ich die Kinder neben ihn und klappte schnell den Tisch wieder zusammen. Ich war so sehr daran gewöhnt, dass es nur eine Minute dauerte, bis sie wieder auf den Sitzen saßen. Brandy mischte die Karten und teilte sie aus.

Wieder schaute ich aus dem Fenster. Die Sonne ging bereits unter. Ich fragte mich, wie lange Rick wohl brauchte, bis er zurück war. Dieser Schwebezustand schmerzte.

„Tantchen Janet?"

„Ja, Mikey?"

„Ist das ein echter Revolver?"

„Ja, Schatz."

„Darf ich ihn sehen?"

Ich schüttelte den Kopf. „Das ist kein Spielzeug. Revolver sind für die Erwachsenen. Du musst warten, bis du erwachsen bist, dass du einen sehen kannst. Tut mir leid."

Er schürzte die Lippe.

Ich schaute meine Tochter warnend an. Natürlich wusste sie wie man einen Revolver sicher bediente.

„Hast du irgendwelche Zweien?", fuhr Brandy ihm ins Wort und lenkte ihn ab, indem er ihn die Zahlen benutzen ließ, von denen wir ihm gesagt hatten, er soll sie sich merken. Damit war er das ganze letzte Jahr beschäftigt.

„Sticht", antwortete er.

Ohne überhaupt zu wissen, wonach ich suchte, schielte ich wieder aus dem Fenster. Dort draußen war nichts. Wie auch?

Ich hatte das Gefühl, dass ein Unheil nahte. Mir lief es kalt den Rücken herunter und ich hatte Schweißperlen auf der Stirn.

Ein seltsames Poltern hallte durch den Wohnwagen. Ich brauchte einen Moment, ehe ich merkte, es waren zwei Geräusche: Roscoe, der knurrte und dessen Haare zu Berge standen. Und ein Fahrzeug, das ganz in unserer Nähe den Motor abstellte.

Mir war flau im Magen.

Wohl nur jemand, der nachsieht, ob wir wohlauf sind, versuchte ich mir einzureden. Ich glaubte es aber nicht wirklich.

„Ihr beiden bleibt hier drin", sagte ich. „Roscoe?" Der Hund schlich sich neben mich, die Brust auf dem Boden.

Ich wünschte, ich hätte gewusst, wie ich ihm anständige Befehle gab. „Pass auf die Kinder auf!"

Er setzte sich neben Brandys Bein. Sie tätschelte ihn.

„Ich bin gleich wieder da."

Ich nahm die Schlüssel, ging zur Tür hinaus und schloss sie schnell hinter mir ab.

Ich blieb dicht am Wohnwagen und schaute hinaus zum Truck.

Ein großes Nutzfahrzeug hatte direkt daneben geparkt. Etwas daran kam mir bekannt vor. Es sah aus wie der Truck, den in Topeka ganz in der Nähe hatte parken sehen, kurz bevor wir das Öl an den Türschnallen entdeckt hatten. Je länger ich ihn anschaute, desto vertrauter kam er mir vor.

Zwei Männer sprangen aus dem Wagen und näherten sich dem meinen von links und rechts. Ich zog meinen Revolver aus dem Gürtel und mein Herz pochte so heftig, dass ich glaubte, ich sei krank.

Da fiel mir ein, woher ich diesen Truck kannte. Ich hatte ihn an dem Tag gesehen, als ich in die Düngemittelfabrik ging, um Jackson zur Rede zu stellen und wollte verdammt sein, wenn der Mann, der meiner Schwester hinterher schlich, Jackson nicht wie aus dem Gesicht geschnitten war. Dünn. Fettige Haut. Schlanke Gestalt, blonder Schnurrbart und kleine, hellblaue Augen. Der andere, der sich der Beifahrertür näherte, war…Mist…war Blödmann Billy.

Aus all meinen Poren drang kalter Schweiß. Der Idiot, der nicht aufhören wollte, mir nachzustellen und der Idiot, der unser Leben versaut hatte, hatten uns durch drei Staaten verfolgt und gewartet, bis wir allein in der Wildnis waren, um zuzuschlagen.

Sie waren es sicher auch, die an dem Truck rumgefummelt hatten. Aber warum?

„Oh, Dorothea?", rief Jackson und klopfte ans Fenster auf der Fahrerseite mit…irgendetwas. Es klang metallisch am Glas.

Thea schaute auf. Über ihrer Schulter tauchte einen Moment

lang Emilys Gesicht auf, dann setzte sie das Baby ab verriegelt rasch die Fahrertür und kurbelte das Fenster hoch.

Bill griff nach der Türschnalle auf der Beifahrerseite.

„An deiner Stelle würde ich das lassen", sagte ich und richtete meinen Revolver auf ihn.

Bill erstarrte und nahm die Hand langsam vom verstaubten Chrom weg.

„Zurück."

Er schwieg. Ich entsicherte den Revolver.

Der dumme Jugendliche wich zwei Schritte zurück, sodass Thea Zeit hatte, die Beifahrertür zu verriegeln.

„Sagt ihr zwei Idioten mir jetzt freundlicherweise, warum zum *Teufel* ihr uns durch das ganze Land verfolgt? Reicht es nicht, dass ihr unser Leben versaut habt? Warum könnt ihr uns nicht einfach ziehen lassen?"

„Warum, Janet. Ich hätte wissen müssen, dass ein ungezogenes Mädchen wie du sich zu helfen weiß. Zu schade, dass deine Schwester nicht kämpfen kann."

„Egal", sagte ich. „Die Kugeln reichen für euch beide."

„Wenn Sie uns beide treffen."

Gerade wollte ich anlegen. Seine Stimme klang schleimig und schmierig wie Motorenöl.

„Solange du dich um Bill gekümmert hast, könnte ich schon aus deinem Blickfeld sein Wo sind die anderen beiden Kinder? Im Wohnwagen? Diese schwache Tür aufzubrechen, dürfte nicht allzu schwer sein. Ich habe schon gesehen, wie Bären Wohnwagen auseinandergerissen haben. Denkst du ich kann das damit auch?" Er fuchtelte mit einem robusten Bowiemesser herum.

Er hatte natürlich recht, er merkte aber nicht, dass 90 Pfund Krallen und Zähne auf der anderen Seite warteten, um ihm Manieren beizubringen.

Das gab mir aber kein besseres Gefühl. Ich sagte: „Da könntest du recht haben. Aber was, wenn ich zuerst auf dich schieße?

Ich meine, um Bill müsste ich mich noch kümmern, aber dein Tag wäre im Eimer."

Er seufzte. „Eine Art Unentschieden, oder? Wie wäre es damit? Wenn die Damen uns die Dokumente geben, gehen wir wieder und keinem geschieht was. Ihr beide könnt weiterziehen. Nach Denver, oder?"

„Welche Dokumente?", fragte ich. „Wir haben keine Dokumente."

Ich sah, wie Bill wieder zur Tür kroch. In der linken Hand hatte er einen Ziegelstein.

„Zurück!", befahl ich. Er zögerte. Ich riskierte es und schoss neben seinem Fuß auf die Erde.

Er wich vom Truck zurück als hätte er eine Klapperschlange gesehen.

Jackson stotterte: „Munition zu verschwenden ist unklug, Fräulein Miller. Sie wissen, dass wir ohne die Dokumente, die Ihre Schwester aus unserem Büro gestohlen hat, nicht gehen werden."

„Thea war niemals in Ihrem Büro, Sie Idiot. Sie hat im *Schulbezirk* gearbeitet. Wie können Sie nur denken, sie könnte Ihnen etwas stehlen."

„Sie hat das natürlich Walter machen lassen. Wir haben ihn erwischt, als er die Aktenschränke durchwühlte."

„Schluss damit!" Ich verdrehte die Augen. „Ihr Sachbearbeiter... hat seine Arbeit getan und den Aktenschrank geöffnet. Warum denken Sie, wir hätten etwas damit zu tun?"

„Mein junger Freund Bill hier hat mir erzählt, wie... ähm... nahe Walter Ihnen immer gestanden hat... und wie verliebt er in Ihre Schwester ist."

„Er trinkt Bier in meiner Bar, hat er zumindest, und er hat Thea zur Arbeit gefahren, da Mike Senior sein bester Freund war. Das ist kein richtiger Beweis, oder? Ihre geballte Fähigkeit zur Schlussfolgerung hat dich im Stich gelassen. Wir haben keine Dokumente. Wir hatten keinen Zugang zu den Dokumenten und du hast

Firmengelder verschwendet, um uns zu verfolgen. Ich sage dir was. Steig wieder in deinen beschissenen Truck und fahr nach Hause. Wenn du das jetzt tust, hetze ich nicht die Polizei auf dich."

Jackson lachte. „Vielleicht tun wir das. Womit wollen Sie uns überzeugen? Denken Sie, dass Sie und Ihre Schwester… ähm… unsere Neugier stillen können? Uns überzeugen können, dass wir keine Angst vor Ihnen haben müssen? Ihre Schwester hat schon eine schöne Figur, für eine zweifache Mutter. Das habe ich zumindest gedacht, bevor ihr Ehemann sich leider umgebracht und das Lager zerstört hat. Was meinen Freund hier angeht, er kommt fast um, so sehr möchte er Sie ausprobieren."

Ich schluckte und richtete den Revolver auf ihn. „Zum Teufel mit Ihnen."

Er stotterte wieder: „Janet, Janet. Es ist nicht so, dass Sie eine Wahl hätten, wenn Sie also kooperieren, müssen wir vielleicht die Kinder nicht in Gefahr bringen."

„Bastarde", schrie ich und zielte auf Jackson, entschlossen, ihm ins Knie zu schießen.

Ich sah, wie sich wieder etwas bewegte. Diesmal schlich Bill in meine Richtung. Ich zielte mit dem Revolver in seine Richtung und er erstarrte.

Jackson wich zur Seite, ging auf der anderen Seite des Wohnwagens in Deckung und versteckte sich. Mist.

Jetzt war ich geliefert. Ich hatte zwei Feinde, von denen ich einen nicht sah, und keine Möglichkeit, alle, mich eingeschlossen, zu beschützen. Rick hatte im großen Werkzeugkasten unter dem Bett ein Gewehr, und Brandy wusste, wie man damit umging, sie kannte aber die Kombination für das Schloss nicht. Also war das egal.

Im Handschuhfach hatte ich noch ein großes Jagdmesser, wusste aber nicht, ob Thea sich noch an irgendwelche ihrer Tricks erinnern konnte, denn selbst ich konnte ihr nicht sagen, wie sie es finden konnte, ohne Bill und Jackson aufzuschrecken.

Ich spitzte meine Ohren, denn ich wollte leise Schritte auf dem Kies und Gras hören, hatte aber noch immer meinen

Revolver auf Bill gerichtet. Und wehe, er kam mir oder meiner Schwester zu nahe. Er wartete nur und grinste dumm.

Denken war noch nie seine Stärke gewesen.

Hinter mir hörte ich ein leises Klicken, drehte mich um und sah... nicht Jackson, sondern die Tür des Wohnwagens, die einen Spalt offen stand.

In aller Stille streifte eine schwarze Gestalt umher und verschwand auf der Rückseite des Wohnwagens.

Ich hörte einen dumpfen Schlag. Ein Klingeln. Einen Schrei. Ich drehte mich um und sah, wie Bill über dem Pickup ragte, einen Ziegelstein in der Hand.

Ich schoss.

Die Zeit schien langsamer zu vergehen, als die Kugel durch den rot-gelben Sonnenuntergang flog und in Bills linker Schulter stecken blieb.

Er schrie, ließ den Ziegelstein fallen und legte die Hand um seine Verletzung.

Ich stürzte nach vorn, bereit ihn mit bloßen Händen grün und blau zu schlagen. Ein Baby ganz und gar mit Glas zu bestreuen? So ein Bastard.

Ein Schrei, ein Hund winselte. Oh Gott, Roscoe. Ich hoffte, dass er nicht verletzt war, musste aber Bill unschädlich machen, ehe ich mich um Jackson kümmern konnte.

Ich hörte im Wohnwagen laute, rhythmische Schläge, was für mich gar keinen Sinn ergab. Ich war aber zu konzentriert, sodass ich es zwar bemerkte, nicht aber darauf achtete. Ich stürmte nach vorn und trat Bill kräftig gegen das Knie, gleichzeitig stieß ich gegen seine Schulter. Er fiel krachend zu Boden, ganz blass im Gesicht.

Thea kletterte aus dem Truck, Emily gegen die Brust gedrückt. Das Baby fing an zu weinen.

„In den Wohnwagen", befahl ich und deutete mit meinem Revolver.

Sie öffnete den Mund.

„Sofort, Thea!"

Wenigstens einmal diskutierte sie nicht. Sie eilte die paar Stufen, vom Truck zum Wohnwagen hinauf, gerade als die Tür aufging und sie in den Lauf eines Gewehrs blickte.

Thea war starr vor Schreck.

„Brandy, stopp!", schrie ich. „Bleib drinnen. Ich habe schon einen umgelegt. Lass Tante Thea rein und schließe ab."

Der Lauf verschwand. Thea raste in den Wagen. Ich hörte, wie die Tür hinter mir verschlossen wurde.

Mir dämmerte, dass ich nach keinem meiner Widersacher geschaut hatte. Ich konnte zwar Roscoe, den ich nicht sah, knurren und bellen hören, hatte aber nicht nach Bill geschaut.

Zu spät.

Etwas Schweres traf mich seitlich am Kopf und ich fiel zu Boden. Blut tropfte von meiner Kopfhaut auf meine Wange.

„Du hättest bei mir bleiben sollen, Janet", sagte Bill.

Er klang, als wäre er unter Wasser. Ich hörte meinen Puls in den Ohren hämmern. In meiner Schläfe spürte ich einen dumpfen Schmerz. Als ich wieder klar sehen konnte, sah ich Bills verschwommene Gestalt, mit dem blassen Gesicht, den Ziegelstein in der rechten Hand, über mir stehen. Seine Arroganz und Dummheit machten mich so wütend, dass mein Sarkasmus durchkam. Ich verdrängte mein Schwindelgefühl, sodass ich mich auf die Bedrohung konzentrieren konnte.

Ich schaute in sein pickliges Milchgesicht. „Hast du echt drei Versuche gebraucht, um ein einziges Teil abzulösen? Du bist nicht einmal ein guter Mechaniker, sondern nur ein Kind. Fick dich."

„Oh, das wirst du, Janet."

Ich musste das Kind für den Versuche loben, konnte aber Jacksons Drohung nicht vergessen. Noch lange nicht.

Ich atmete tief ein. Als er über mir lauerte, bereit mir eine zu verpassen, trat ich wieder zu, traf ihn in die Kniekehle und er verlor das Gleichgewicht. Er fiel auf seinen verletzten Arm und schrie vor Schmerz.

Ich stellte mich auf die Beine, sah dann alles verschwommen, dann wieder klar. Ich sah Sternchen, die ich aber verdrängte, weil ich nach meinem Revolver suchte. Wo war ich?

Ich war mir nicht sicher, wusste aber, ich wollte, dass Bill kein Ärgernis mehr darstellte. Also schnappte ich den Ziegelstein neben ihm und schlug ihm mit aller Kraft auf die Stirn.

Er stöhnte und blieb auf dem Gras liegen.

Ich ließ den Ziegelstein fallen. Es polterte und kratzte auf dem Boden.

Und polterte und kratzte weiter.

Was?

Ich schaute zum Horizont und sah einen Sattelschlepper in meine Richtung fahren. Zwei Sattelschlepper. Drei und hinter ihnen, hurra! Ricks Motorrad kam zu uns zurückgefahren.

Die Sattelschlepper hielten in einer Reihe an, neben meinem lädierten Chevrolet Silverado und aus den Fahrerhäusern schauten vertraute Gesichter. Buck fuhr voraus, eine Schrotflinte unter dem Arm. Hinter ihm stand eine regelrechte Traube von Fernfahrern, Rockern und Mechanikern...alles Leute, die meine Bar gerettet hatten, als ich Schwierigkeiten hatte. Sie schauten sich um, die Waffen im Anschlag, als Ricky von seiner Harley sprang, sie ins Gras legte und zu mir rannte. Er schloss mich in seine Arme und wischte mir das Blut aus dem Gesicht.

„Geht es dir gut?", fragte ich.

Ich musste schwer schlucken. „Was geht da vor sich?"

„Oh, ich glaube nicht", sagte Buck und legte die Schrotflinte an seine Schulter.

Es knallte und hinter mir schrie jemand, dann hörte ich ein Pochen.

Ich wollte mich umdrehen, sah aber alles verschwommen, und Rick drückte mich fest an sich.

Ich lehnte mich an seine Schulter als Roscoe kam... von irgendwo. Er ließ sich auf den Boden plumpsen und legte seinen Kopf auf meinen Fuß.

„Guter Junge", sagte ich mit zitternder Stimme, war aber zu benommen, um ihn zu streicheln.

„Was ist passiert?", fragte Rick. „Buck, warum seid ihr hier?"

„Es waren Jackson und Bill", erklärte ich. „Sie sind uns gefolgt. Haben am Truck rumgefummelt. Sie sagten, wir hätten Dokumente. Ich weiß nicht, was sie damit gemeint haben. Sie haben mich angegriffen. Haben versucht, Thea anzugreifen. Sie und die Kinder sind in Sicherheit, im Wohnwagen."

„Wir haben uns entschlossen, in diese Richtung zu fahren, nachdem Walter mitbekommen hatte, dass Jackson irgendein krummes Ding plante", sagte Buck noch. „Ich hielt es für eine gute Idee, noch einmal eine Fahrt zu machen, bevor ich in Ruhestand gehe, um die Bar zu eröffnen. Und als ich den Jungs von meinen Plänen erzählte, haben sie mir alle ihre Hilfe angeboten."

Obwohl ich stark bleiben wollte, stieß ich einen Seufzer aus. Ich kuschelte mich an Ricks Schulter. Er drückte mich, ganz fest.

„Danke", wimmerte ich. Die Welt um mich verschwamm und wurde dann wieder klar. Meine Knie wurden weich.

Das Letzte, woran ich mich erinnern konnte, war Ricks warmer Atem und seine starken Arme um mich.

KAPITEL 9

ALS ICH AUFWACHTE, hatte ich einen schrecklichen Geruch in der Nase. Etwas Ekliges befand sich unter meiner Nase. Ich stöhnte und schlug es mit der Hand weg. „Was zum Teufel ist das?"

Jemand kicherte leise.

„Riechsalz", erklärte eine mir unbekannte Stimme. „Eine alte, aber wirksame Behandlungsmethode. Wie fühlen Sie sich, Fräulein Miller?"

„Mein Kopf tut weh", antwortete ich und ich hörte, wie ich wimmerte.

„Schwester, bringen sie Fräulein Miller etwas Aspirin."

Schritte entfernten sich.

„Sie haben einen echt heftigen Schlag auf den Kopf abbekommen", erklärte die unbekannte Stimme. „Ich glaube nicht, dass Sie eine Gehirnerschütterung haben, wollte sie aber trotzdem ansehen."

Er klingt wie ein Arzt. Das ist vermutlich gut. Ich fasste an meinen Kopf und eine Warme Hand legte sich um meine Finger. „Lass deinen Verband in Ruhe, Mama."

Ich legte meine Hand in Ricks Hand und fragte: „Wo sind Brandy und die anderen Kinder?"

„Ich bin hier, Mama!", hörte ich die vertraute Stimme meiner

Tochter. „Tantchen Thea hat sich entschlossen, die kleinen Kinder im Wohnwagen schlafen zu lassen, denn die bösen Männer sind weg."

„Warum kann ich nichts sehen?", fragte ich.

Der Arzt kicherte wieder. „Ihre Augen sind zu, Fräulein Miller. Vorsichtig öffnen. Hier drin ist es hell."

Ich öffnete sie und stöhnte, denn die Deckenlampe blendete mich. Ich musste noch eine Weile schielen bevor ich mich wohl fühlte, aber ich konnte wenigstens sehen. Rick saß neben mir, Brandy direkt hinter ihm. Ein Mann in weißem Mantel stand am Fußende des Bettes und ein Polizist in blauer Uniform wartete in der Nähe der Tür.

Ich seufzte: „Was ist mit Jackson und Bill passiert?"

Der Polizist antwortete in näselndem Akzent aus dem Mittleren Westen: „Nun, meine Dame, William Bishop ist über den Berg. Die Ärzte haben die Kugel aus seiner Schulter entfernt. Ein guter Schuss übrigens. Und seine Stirn haben sie mit ein paar Stichen genäht. Wenn er wieder bei Bewusstsein ist, befragen wir ihn. Der andere Kerl, Roy Jackson, wird gerade operiert. Es bleibt abzuwarten, ob er durchkommt. Immerhin wurde mit einer Schrotflinte in seine Brust geschossen. Aber mehrere Zeugen haben bestätigt, dass dieser Mann mit einem Messer hinter ihnen her war. Wir haben uns entschlossen, nichts gegen Buck Rayburn zu unternehmen. Er wird sich auf den Heimweg machen, sobald er hört, dass es Ihnen gut geht."

„Danke", sagte ich mit schwacher Stimme.

„Bevor Sie die Stadt verlassen, brauchen wir Ihre Aussage." Der junge Polizist wirkte sehr aufgeregt. Das hier war vermutlich das Interessanteste, das seit Jahren in Hays, Kansas, passiert ist.

„Aber sicher doch. Kein Problem.

„Na gut. Ich bin gleich wieder da." Damit verließ er das Zimmer. Ich hörte, wie seine Schuhe im Gang quietschten.

Die Schwester kam mit einem Papierbecher wieder und streckte ihre Hand aus. Ich richtete mich vorsichtig auf und griff nach zwei kleinen, weißen Tabletten und dem Wasser, das ich schnell hinunter schluckte.

Der Arzt leuchtete mit einer Taschenlampe in meine Augen. Ich stöhnte und schielte. Rick drückte meine Finger.

„Wann können wir los?", fragte ich. „Vor uns liegt noch ein langer Weg."

„Wir haben es nicht eilig, Mama", sagte Ricky. „Ich werde den Truck vor morgen nicht reparieren können."

„Wir würden sie gerne ein paar Stunden beobachten", sagte der Arzt. „Kopfverletzungen können kompliziert sein. Wenn sich in ein oder zwei Stunden etwas ändert, wäre mir wohler, Sie wären hier und nicht im Hinterland nordwestlich von Kansas."

Ich seufzte. „Gut, ich schätze, es geht nicht anders. Rick, können du und Brandy in den Wohnwagen gehen und schlafen? Ich gehe davon aus, dass man morgen mit mir so gut nichts anfangen kann, also musst du fahren."

„Meinst du, deine Schwester wird mich drinnen schlafen lassen?", fragte er.

Ich ließ mich wieder auf das Kissen fallen und bereute es sofort, als mich der Schmerz durchfuhr.

„Das machen wir besser kein zweites Mal", riet der Arzt. „Ich bin sicher, Ihr Herr dort ist umsichtig genug, um selbst herauszufinden, was los ist."

„Halt, wie bist du in die Stadt gekommen?"

„Buck hat mich gefahren", antwortete Rick. „Er wird uns wieder zu unseren Fahrzeugen bringen. Am Morgen repariere ich den Truck und nehme dich mit."

„Na gut", sagte ich und nickte. Jetzt, wo die Aufregung verflogen war, fühlte ich mich schläfrig. „Bitte richte Buck ein Dankeschön von mir aus und dass es mir gut geht."

„Mache ich, Mama", antwortete Rick. Er beugte sich runter und küsste mich auf die Stirn. „Ich liebe dich."

„Ich liebe dich auch", murmelte ich. Rick stand auf und ging hinaus. „Biene?"

Sie legte sich in meine Arme und kletterte dabei halb auf das

Bett. Das tat weh, störte mich aber nicht. „Du warst so mutig, mein Schatz, die Tür zu öffnen und den Hund rauszulassen. Er hat mich gerettet, weißt du? Hat Jackson auf Abstand gehalten, dass ich mich um Bill kümmern konnte. Und auch du warst bereit, uns zu beschützen. Wie aber bist du an das Gewehr gekommen? Es war doch in Rickys Werkzeugkasten verschlossen."

„Ich habe das Schloss aufgebrochen", sagte sie nur. „Tut mir leid, Ricky. Ich wollte es nicht aufbrechen, aber…"

„Kein Problem, Biene. Ich verstehe schon. Wir kaufen einfach ein neues. Nichts ist so viel wert wie du und deine Mama. Und sicher kein Schloss für zehn Cent."

Rick zog Brandy vom Bett und stellte sie auf dem Boden ab, dann legte er seine breite Hand auf ihren Rücken und führte sie aus dem Raum. „Na komm. Schlafen wir etwas und lassen deine Mama ausruhen. Morgen haben wir einen langen Tag vor uns."

„Sag mir nochmal, was deine Eltern über mich gesagt haben", hörte ich sie auf dem Gang bitten.

Ich schloss die Augen.

„Sie waren auch sehr mutig, Fräulein Miller", sagte die Schwester mit Bewunderung in der Stimme. „Woher nehmen Sie diese Kraft?"

„Ich habe nie eine andere Wahl gehabt", antwortete ich und war zu müde, um weiter zuzuhören.

„Fräulein Miller?"

Ich stöhnte. Der Polizist war wieder da.

„Kann ich jetzt die Aussage aufnehmen? Dann dürfen Sie sich ausruhen."

„Ich denke schon", antwortete ich. „Muss ich dazu meine Augen öffnen?"

„Ich glaube nicht, dass das nötig ist."

Ich hörte an seiner Stimme, wie lustig er das fand.

AM NÄCHSTEN TAG, bei Sonnenuntergang, näherten wir uns Denver. Es hatte eine Weile gedauert, bis Rick den Truck repariert, mich aus dem Krankenhaus abgeholt, die Harley wieder aufgeladen, den Wohnwagen wieder angehängt und alles festgebunden hatte.

Um ehrlich zu sein, hatte ich die meiste Zeit geschlafen. Nachdem man die ganze Nacht alle halbe Stunde nach mir geschaut hatte, war ich kaputt. Da half auch der Anblick von Blut, das um den ganzen Wohnwagen verteilt war, nichts.

Ausnahmsweise störte mich niemand. Thea schimpfte nicht und bohrte nicht nach. Emily zog mich nicht an den Haaren. Mike und Brandy fuhren mit Rick und Roscoe im Fahrerhaus mit und ich schlief auf dem Bett.

Ich wachte erst auf, als wir die Stadtgrenze erreichten. Ich schaute aus dem Fenster. Rick fuhr durch Straßen, die von immergrünen Bäumen gesäumt waren bis zu einer mittelgroßen Geschäftsstraße.

DORT WAR ein Schild mit einem untersetzten Männlein mit Schnurrbart und Brille über folgender Leuchtschrift „Marinos" zu erkennen. Der Parkplatz war riesig, viel größer als das Gebäude dahinter und komplett voll. Rick steuerte den Truck mitsamt dem Wohnwagen auf den hinteren, ziemlich schlammigen Parkplatz.

„Du kämmst dir besser die Haare", sagte Thea und es klang einmal nicht vorwurfsvoll

Das war eine gute Idee, also tat ich es, und auch die Zähne putzte ich. Meinen großen Kopfverband konnte ich zwar nicht abnehmen, aber wenigstens waren von diesem Morgen an meine Jeans und das T-Shirt frisch.

Im nächsten Moment öffnete sich die Tür des Wohnwagens und Brandy steckte den Kopf rein.

„Mikey?", rief Thea.

Er raste die Stufen hinauf, vorbei an Brandy, dann sprang er auf das Bett.

„Thea? Kommst du mit uns?" fragte ich.

Sie schüttelte den Kopf. „Das ist euer Moment, Janet. Ricks Familie kennen zu lernen, ist eine Sache unter euch dreien. Mikey, Emily und ich… wären nur im Weg. Na los. Zeigt euch von eurer Schokoladenseite. Wir kommen später zu euch und Essen zu Abend. Selbst vom Parkplatz aus riecht es hier herrlich."

Thea verhielt sich so ganz anders als in letzter Zeit, sodass ich sie nur anstarrte.

Brandy stürzte in den Raum, während ich steif dastand und meine Schwester anglotzte. „Komm schon, Mama. Gehen wir. Ich möchte Rickys Familie kennen lernen", sagte sie und zog mich am Arm.

Ich trat vor, nicht so stabil, wie ich es gehofft hatte, und schwankte in Richtung Tür. Dort wartete Rick auf uns und legte mir die Hand um die Hüfte. „Ist dir noch schwindlig, Mama?"

„Etwas", antwortete ich.

Er drückte mich fester und führte mich zur Hintertür eines Gebäudes.

Noch ehe wir überhaupt den Türknauf in der Hand hatten, öffnete sich die Tür und ein älteres Paar eilte hinaus auf den Hof.

„Ricky!", schrie die beleibte, dunkelhaarige Frau und umarmte uns Beide. „Mein Schatz!" Sie küsste ihn auf beide Wangen.

„Hallo, Mama", sagte er, die Wangen dunkel, jedoch mit einem schüchternen Lächeln um die Mundwinkel. „Das ist Janet."

„Schön, Sie kennen zu lernen, Frau Marino."

„Ich bin Giulia", sagte sie. „Oh, meine Liebe. Was ist dir denn passiert, zum Teufel?"

Ich grinste. Ich hatte das Gefühl, dass ich gut mit dieser Frau auskommen würde.

AM SPÄTEREN ABEND, nachdem wir alle große Schüsseln Pasta verputzt hatten, bis wir fast platzten, brachten wir Brandy ins Bett. Es stand in einem kleinen Schlafzimmer über dem Restaurant. Das Zimmer war noch immer mit Astronauten und Raketenschiffen dekoriert. Im Flur konnte ich die Marinos schnarchen hören.

Sie blieben tatsächlich nicht lange auf.

Thea und die Kinder befanden sich im Wohnwagen. Sie hatte sich einmal nicht beschwert, dass sie sie allein hüten musste.

Rick und ich kuschelten uns in einem dritten, kleinen Schlafzimmer aneinander. Seine Eltern hatten mit keinem Wort widersprochen, dass wir in einem Bett schliefen, ungeachtet der Tatsache, dass wir nicht verheiratet waren. Ich hatte mich mein ganzes Leben noch nie so angenommen gefühlt, geschweige denn so bereit.

„Das war eine anstrengende Reise, oder?", fragte Rick.

„Sicher war es das. Ich bin froh, dass deine Eltern so nett sind."

„Ich auch. Meine Mutter hat mit mir unter vier Augen gesprochen, während ihr gegessen habt und mir gesagt, dass sie mit dir einverstanden ist."

„Ich bin auch mit ihr einverstanden." Ich grinste.

Er grinste und seine Zähne blitzten im Mondlicht.

„Ich hätte nie gedacht, dass mir einmal eine alte Frau begegnet, die so viel flucht. Ich schätze, für mich besteht noch Hoffnung."

„Damit du was genau tun kannst? Ein glückliches Leben führen? Darauf kannst du deinen Arsch verwetten. Anständig zu werden? Gott, ich hoffe nicht."

„Wie wäre es mit flach gelegt werden… jetzt gleich?"

Er grinste breiter. „Ich würde sagen, die Chancen sind überdurchschnittlich gut. Wie geht es deinem Kopf?"

„Besser. Ich glaube nicht, dass mir noch schwindlig war, als wir hier ankamen. Ich war nur hungrig und mitgenommen, denn ich hatte zur falschen Zeit geschlafen. Und jetzt…"

„Jetzt?"

„Jetzt ist es 22:15Uhr und ich bin hellwach."

„Das ist ein ernstes Problem", sagte Rick und fuhr mit den Händen unter mein T-Shirt. Es kitzelte, als er mich streichelte und ich wand mich.

„Es fühlt sich so *verdammt* gut an, am Leben zu sein", sagte ich und streckte die Arme aus, dass er mich ausziehen konnte.

„Ich habe mir Sorgen gemacht." Er schmiss mein T-Shirt weg. „Gut, dass du so sachlich bist."

„Gut, dass Blödmann Billy Linkshänder ist", erwiderte ich. „Hätte er mich mit seiner dominierenden Hand geschlagen, wäre es aus gewesen mit mir."

Rick beugte sich runter und küsste mich mit Zahnpasta Schaum auf den Lippen.

Ich öffnete den Mund und wir küssten uns inniger. Zungen verwoben, als er mir den BH auszog, dass er meine Brüste berühren und streicheln konnte.

An meinem Bein spürte ich, wie sein Schwanz steif wurde. Seine Unterwäsche ließ keinen Zweifel aufkommen, die ich auch nicht gebraucht hätte.

Seine Hände fühlten sich lebendig an, wie sie aus meinem Innersten Lust heraus kitzelten. Nicht nur bei meinen Nippeln, auch wenn er sich bei allen beiden Zeit nahm, sondern auch am Hals, am Arm. Er legte seine Hand in meine, dann löste er unsere feste Umarmung, sodass er jede Fingerkuppe küssen konnte.

„Hmmmm", summte ich und spürte, wie ich feucht wurde.

Ich streichelte seine festen Rückenmuskeln, das schmale Ende seiner Hüfte. Seinen glatten, festen Hintern. Mit der Hand fuhr ich in seine Unterhose, sodass ich ihn berühren konnte, und fuhr mit den Nägeln sanft über seine Haut.

Rick zog mir das Höschen über die Schenkel. Er drehte sich auf den Rücken und zog mich auf sich.

Ich krümmte mich, wollte ihn so sehr in mir spüren, er aber legte eine Hand auf mein Kreuz. „Warte, Mama", drängte er. „Lass mich dich berühren."

Er schob seine Finger zwischen meine Schamlippen und umkreiste gekonnt meinen Kitzler.

Ich ließ den Kopf in den Nacken fallen und stöhnte leise.

„Kommst du schon bald?"

Ich wollte antworten, konnte aber nicht.

„Geh du auf mich, Janet. Ich möchte spüren, wie du kommst."

Ich wich zurück und drückte mich mit den Schenkeln etwas hoch. Ich packte seinen steifen Penis, schob ihn in meine Öffnung und ließ mich fallen.

Es fühlte sich *gut* an. Zu gut. In der Sekunde, in der er ganz drin steckte, kam ich schon fast.

„Reite mich, Mama", drängte er.

„Berühre mich", flehte ich und begann, meine Hüften zu krümmen, sodass sein Schwanz leichter und tiefer eindringen konnte, wobei ich nachließ, dass er von neuem stoßen konnte.

Wieder massierte er methodisch meinen Kitzler. Lust durchströmte mich und mit ihr das Bewusstsein, das Leben voll und ganz zu spüren. Die einfachsten und elementarsten menschlichen Gefühle. Ein Mann. Eine Frau. Der Moment wahrhaftiger Verbundenheit. Die Möglichkeit, neues Leben zu schaffen. Das überwältigte mich und ich biss mir auf die Lippen, um einen Schrei zu unterdrücken, als mein Orgasmus meinen Körper zittern ließ.

Rick packte mich an den Hüften als ich aus dem Rhythmus kam. Er stieß tief und hart in mich hinein.

Ich liebte es. Liebte, wie natürlich wir zusammen kamen. Dass wir nie fummeln oder etwas übergehen mussten. Unsere Körper wussten, was unser Verstand, mein Verstand, schwer annehmen konnte: Dass niemand mich je so sehr lieben würde, wie Rick. Und nachdem ich ihn geliebt hatte, wollte ich niemand anderes.

Er stieß ein von Lust erfülltes Stöhnen aus, als sein eigener Orgasmus ihn überkam.

Langsam sank ich auf seine Brust. Kleine Nachbeben schüttelten mich.

Und die Ruhe war wieder da.

ALS ES AN DER TÜR KLOPFTE, erwachte ich aus meinem postkoitalen Koma. Ich stöhnte und richtete mich auf, da merkte ich, dass ich nackt eingeschlafen war. Meine ganzen Klamotten waren im Wohnwagen, denn wir hatten uns nicht die Zeit genommen, auszupacken. Also schlüpfte ich in das Nachthemd, das ich vergessen hatte anzuziehen, und öffnete die Tür.

Giulia stand draußen. „Entschuldige, Janet. Die letzten paar Tage haben immer wieder Leute für eine gewisse Dorothea Ambrose angerufen. Ist das deine Schwester?"

„Ist sie, ja."

„Ein Herr ist am Telefon und fragt nach ihr."

„Weißt du, wer am Telefon ist?"

„Er sagt, sein Name sei Walter."

„Ooooh. Ja, ich hole sofort meine Schwester. Danke." Ich eilte ihr in den Flur nach und merkte, dass der Raum, wo Brandy geschlafen hatte, leer war. „Ist meine Tochter schon aufgestanden?"

„Sicher ist sie das." Giulia strahlte, geleitete mich die Treppe hinunter, durch die Küche und durch die Hintertür. „Sie ist früh aufgestanden und hat für alle Pfannkuchen gemacht. Die besten, die ich je gegessen habe. Benito hat gesagt, er wird ihr das Kochen beibringen, denn unsere Enkeltöchter haben kein großes Interesse daran gezeigt."

„Das wäre schön", sagte ich. „Ich kann gar nicht in Worte fassen, wie sehr wir deine Freundlichkeit und Gastfreundschaft zu schätzen wissen."

„Ach, nicht doch." Sie winkte, öffnete die Hintertür und ging mit mir über den Privatparkplatz zum Wohnwagen. „Ich hätte nie gedacht, dass Ricky überhaupt eine Familie hat. Ich bin so froh, dass er jemanden gefunden hat, der so gut zu ihm passt und deine Tochter ist ein echter Schatz."

„Da stimme ich zu." Ich grinste und klopfte an der Wohnwagentür.

Thea, die schon fix und fertig für den Tag gekleidet war, spähte hinaus. „Was ist?"

Ich antwortete: „Ein Anruf für dich, im Restaurant. Ich passe auf die Kinder auf, bis du fertig bist."

„Danke, Janet", sagte Thea förmlich und mit einer Spur ihrer früheren Arroganz in der Stimme. Dann seufzte sie. „Guten Morgen, Frau Marino. Danke für das leckere Essen gestern Abend und dafür, dass wir Ihr Telefon benutzen dürfen."

Ich ging in den Wagen und setzte mich an den Tisch. Meine Nichte und mein Neffe lagen noch immer in meinem Bett. Scheinbar hatten sich die drei letzte Nacht alle zusammengekuschelt. Mikey schlief tief und fest, aber Emily war schon auf den Beinen. Ich wollte nicht, dass sie ihren Bruder weckte, denn ich hatte noch keinen Kaffee getrunken und war noch nicht bereit für Mikeys Mätzchen. So hob ich sie hoch.

Emily, die noch immer angeschlagen war, legte ihren Kopf auf meine Schulter. Ich atmete ihren süßen Babyduft ein. Ich hatte immer gedacht, ich würde nur ein Kind haben…als allein erziehende Mutter, war Brandy alles, was ich schaffte…aber jetzt…fragte ich mich, ob Rick ein Kind wollte. Es war etwas, das würden wir schließlich vielleicht ansprechen, besonders da er mich gewarnt hatte, dass ein Vorschlag käme.

Ich lehnte mich wieder an die Wand hinter der Tischbank und ließ mein Bewusstsein in sinnlose Träumereien und Halbschlaf abdriften. Emily kuschelte sich an mich und im Traum sah ich Bilder einer Schwangerschaft, die ich nicht fürchten musste. Ein Kind mit einem Vater—und war Ricky nicht bereits ein toller Vater für Brandy? Ein Ehemann, wie ich ihn wollte, den ich mich aber nie getraut hatte, vorzustellen. Ich schloss die Augen.

BUMM! Die Tür des Wohnwagens ging auf, Thea platzte herein und stellte vor mir einen weißen Becher hin.

„Du musst mir einen Gefallen tun, Janet."

„Mami!", schrie Mikey sprang zum Tisch und setzte sich auf Theas Schoß.

Emily sprang auf und begann zu wimmern.

„Tauschen wir die Kinder", schlug ich vor. „Mikey, kommst du her?"

Ich stand auf und reichte Emily ihrer Mutter. Als ich Mikey festhielt und mich wieder setzte, hatte Thea bereits ihre Bluse aufgeknöpft und das Baby an ihre Brust gedrückt.

Ich drückte Mikey an mich und nahm einen großen Schluck Kaffee. „Ist das eine Bestechung?", fragte ich.

Sie antwortete: „So in der Art, aber worum ich dich bitte, wird auch dir helfen."

„Okay?" Ich nahm noch einen großen Schluck Kaffee. Ich schmeckte, dass Thea ihn nicht gekocht hatte. Sie machte anständigen Kaffee, aber der hier… der war unglaublich.

„Ich habe mit Walter gesprochen, wie du vielleicht schon erraten hast. Weißt du noch als diese Idioten um den Truck herumgeschlichen sind, auf der Suche nach Dokumenten."

„Ja?" Ich wusste nicht, was ich sagen sollte, also machte ich nur eine Geste, Thea solle fortfahren, während ich, gierig auf Koffein, mehrere Schluck Kaffee trank.

"Er hat gesagt, es gäbe welche, und er hätte sie an sich genommen. Als er hörte, was Jackson getan hatte, geriet er in Panik, weil er uns geschadet hatte und wollte sicherstellen, dass wir wussten, was passiert war. Die Dokumente waren der Beweis, dass Jackson die Männer angewiesen hatte, die Sicherheitsvorkehrungen zu missachteten. Tatsächlich, so Walter…und du willst ihn vielleicht anrufen. Ich glaube nicht, dass er noch lange lebt. Er klang schrecklich…die Memos besagten, dass jeder, der sich an das Handbuch gehalten hatte, anstatt auf Jackson zu hören, entlassen wurde. Walter hat sie zum Amt für

Umweltschutz und auch zu den Inhabern geschickt. Sie sind *wütend.*"

„Darauf wette ich. Zweifellos hat Jackson versucht, sich etwas dazuzuverdienen, indem er „Kosten sparte" und Mike Senior und den anderen die Schuld in die Schuhe geschoben."

„Das stimmt", antwortete Thea. „Die Eigentümer haben die Memos der Polizei geschickt. Wenn Jackson lebt, wird er des Mordes angeklagt und entlassen. Zusätzlich wird er noch die Kosten tragen müssen, die der Firma entstanden sind. Deshalb hat er uns verfolgt. Da seine Arbeit, sein Ruf und seine Freiheit auf dem Spiel standen, konnte er nicht einfach einen Lakaien wie Bill schicken, um für ihn die Drecksarbeit zu machen. Er musste selbst dabei sein."

Ich sagte nichts und atmete den Duft von Frau Marinos hervorragendem Kaffee ein.

„Außerdem gibt es gute Neuigkeiten", fuhr Thea fort. „Die Eigentümer haben zugestimmt, die unrechtmäßig einbehaltenen Sterbegelder an uns Witwen zu zahlen."

Ich war groggy, also brauchte ich eine Minute, um das Gesagte zu verarbeiten. „Echt? Oh, Thea! Das ist toll! Wieviel ist es?"

Thea schaute mich an und runzelte die Stirn. Mir fiel wieder ein, dass sie es als unfein empfand, über Geld zu sprechen. Sie schimpfte aber nicht. „Genug, Janet. Während ich in der Küche war, führte ich noch ein paar Telefonate und weiß jetzt, was zu tun ist. Du musst mich zur Bank fahren, wo ich das Geld abhebe, dann fährst du mich zum Gebrauchtwagenhändler.

„Du willst dir ein Auto kaufen? Oh, das ist gut", sagte ich.

„Ja, ich kaufe ein Auto und dann gehen die Kinder und ich fort."

Ich stellte die Kaffeetasse ab und musste schlucken. „Ihr geht fort?"

Sie nickte. „Du hattest recht. Ich kann dich nicht zwingen, dass du die Änderungen in meinem Lebenswandel annimmst. Es war falsch von mir, das von dir zu verlangen, aber für meine Kinder will ich dennoch mit gutem Beispiel vorangehen. Das ist mir wichtig, ohne etwas gegen dich sagen zu wollen. Wie du dein Leben riskiert hast, für Biene und uns, hat mich beeindruckt."

Sie seufzte und Emily stieß einen Protestschrei aus. „Als Mutter gehst du deinen Weg, aber der ist eben nicht der meine. Wird er nie wieder sein. Mein Seelenleben hat sich verändert, Janet. Ich kann nicht mehr das wilde Mädchen sein, das ich war. Nicht, wenn ich an einem neuen Ort Fuß fassen und gleichzeitig meine Kinder großziehen will. Ich kann nicht in Wort fassen, wie sehr ich deine Hilfe im letzten Jahr zu schätzen weiß. Das hätte ich ohne dich nicht durchgestanden, zu viel Nähe führt aber für uns beide zu Spannungen." Sie schnappte sich meinen Kaffee und nahm einen Schluck. „Verdammt, der schmeckt gut."

„Was willst du damit sagen, Thea?", fragte ich.

„Nun, ich habe gehört, in Boulder wendet sich alles zum Positiven."

„Was ist Boulder?" fragte ich.

„Das ist eine Stadt etwa eine Stunde von hier", antwortete sie. „Dorthin werde ich gehen. Ich kann mit der Entschädigung der Firma eine Wohnung mieten und gleichzeitig einen Babysitter für Mikey und Emily bezahlen. Ich werde Arbeit finden. Ich denke, wir kommen besser zurecht, wenn wir nicht versuchen, zusammen in einem Wohnwagen zu leben und…", begann sie und dachte nach.

„Und?", fragte ich und nahm noch einen Schluck Kaffee.

„Und ich bin noch nicht bereit, dich und Ricky zusammen so glücklich zu sehen. Ich habe Mike von ganzem Herzen geliebt. Er wird mir immer fehlen. Das heißt nicht, dass ich das Recht hatte, unfreundlich zu dir zu sein. Wenn ich weggehe, können du und Rick und Brandy hier eine Familie gründen. Bei den Marinos und ihrem Restaurant. So soll es sein. Ich bin nur noch nicht bereit, dabei zu sein."

Ich nickte. „Das ist nett von dir, Thea. Und anständig. Na gut, machen wir für heute die Besorgungen. Morgen beginnt jede von uns ihr neues Leben. Getrennt, aber mit Respekt für die jeweils andere."

Thea nickte. „Es ist zu unserem Besten. Versprichst du mir etwas?"

Ich hob die Augenbrauen.

„Sollten du und Ricky doch heiraten, lade uns bitte zur Hochzeit ein. Ich verspreche dir, ich sage kein Wort darüber, wie du es machen willst, in Ordnung? Selbst wenn die Feier nur mit Bier und Brezeln in der Bowlingbahn stattfindet."

Ich musste lachen. „Versprochen", antwortete ich, ging zu meiner Schwester und setzte ihren Sohn neben sie auf die Bank. „Ich muss meine Tochter finden, bevor Rickys Eltern sie mir wegnehmen."

„Das wäre eine weise Entscheidung von ihnen", sagte Thea mit einem Grinsen. „Ähm, du möchtest sicher deinen Tank mit Schwarzwasser leeren. In der Nacht habe ich ein merkwürdiges Spülen gehört."

Ich seufzte. Noch so eine lästige Pflicht an diesem Tag.

„Oh, und Janet?"

Ich richtete mich auf und schaute zu meiner Schwester hinunter.

„Dieses Restaurant wirst du super führen."

Ich lächelte. „Das glaube ich auch."

NACHWORT DER AUTORIN

Danke, für das Lesen dieser spannenden Liebesgeschichte. Sollte Ihnen die Geschichte gefallen haben, hinterlassen Sie doch ein Feedback. Ein einfaches „Mir hat es gefallen" reicht. Leser und ihre Rezensionen ermöglichen Autoren, weiterzuschreiben. Ihre Rückmeldungen weiß ich sehr zu schätzen.

Während Kindesmissbrauch und Mobbing in den letzten Jahren zurecht viel Aufmerksamkeit erfahren haben, wird Missbrauch durch Geschwister oft unter den Teppich gekehrt, indem einfach gesagt wird, „Aber das ist deine Schwester" oder „Das ist ein Familienmitglied." Das Problem ist, wenn man es zulässt, dass man von Geschwistern gemobbt wird oder man geschwisterliche Beziehungen erzwingen möchte, die offensichtlich toxisch sind, tut man niemandem einen Gefallen. Weder dem Opfer noch dem Täter. Es ist nur ein Weg, dass dieses Leid über Generationen endlos fortgesetzt wird.

Grenzen zu ziehen und sogar ganz auf Abstand zu gehen, mögen wie harte Wege erscheinen, aber manchmal ist dies die beste Hoffnung auf Frieden. Und gewöhnlich braucht das Opfer den Abstand. Der Täter bietet es weder an, noch tut er etwas, um es zu verhindern. Sollten Sie unter Missbrauch durch Ihre Geschwister leiden, haben Sie keine Angst sich zu schützen. Man sollte von der Familie besser behandelt werden als von Fremden. Sollten Sie jemanden kennen, der mit seinen Geschwistern zerstritten ist, halten Sie eine Versöhnung nicht immer für die beste Option.

Alles Liebe,
Simone Beaudelaire

AUTORIN

In der Welt des geschriebenen Worts strebt Simone Beaudelaire nach technischer Exzellenz, während sie eine Weltsicht propagiert, wo das Heilige und das Sinnliche in Geschichten von Menschen münden, deren Beziehungen auf Glauben beruhen, deswegen aber nicht weniger leidenschaftlich sind. Unvergleichbar einzigartig, aber doch sehr klassisch sind die mehr als 20 Romane Beaudelaires, die darauf abzielen, den Leser zum Denken, Weinen und Beten anzuregen ..., wobei dieser gleichzeitig heiß und erregt werden soll.

Im echten Leben unterrichtet sie „Komposition" an einer Volkshochschule, in einer Kleinstadt im Westen von Kansas, wo sie mit ihren drei Kindern, Katzen und Ehemann, dem Schriftstellerkollegen Edwin Stark, lebt.

Sowohl als Autorin von Liebesromanen als auch als Akademikerin versucht Simone Beaudelaire, den rhetorischen Wert von Liebesromanen voranzubringen und hofft, damit das Stigma zu überwinden, das mit dem größten literarischen Genre für Frauen verbunden ist.

Mehr Informationen über Simone Beaudelaire und über die anderen Autoren von Next Chapter gibt es auf unserer Internetseite, www.nextchapter.pub.

Autobahn Leben
ISBN: 978-4-82415-500-9

Verlag:
Next Chapter
2-5-6 SANNO
SANNO BRIDGE
143-0023 Ota-Ku, Tokyo
+818035793528

27 Oktober 2022